U0533370

文治
wénzhì-books

村 上 T

我喜爱的T恤们

僕の愛したTシャツたち

［日］

村上春树 著

烨伊 译

花城出版社

中国·广州

前言 —— 不经意间收集的东西

收集物品这件事，我其实并不是非常感兴趣，但在不经意间收集各种各样的物品，似乎成了我人生的主题之一。多到永远听不完的 LP 唱片、今后恐怕不会重读的书本、杂乱无章的剪报、短到放不进削笔器的铅笔头……总之，各类物品日益增多，以紧逼之势将我包围。我就像忍不住救下乌龟的浦岛太郎，一面告诉自己做这些事毫无意义，一面又在某种情绪的鼓动下，下意识地把物品们收集了起来。尽管那些短短的铅笔头，就是攒上几百根也派不上什么用场。

T

T恤也属于会"不知不觉变多"的物品之一，加之其价格低廉，我一看到有意思的T恤就忍不住下手。平时会有各行各业的人送我宣传用的T恤，参加马拉松比赛也能拿到完赛T恤，有时候出门旅行，我会直接买当地的T恤当换洗衣物……这些林林总总的原因使T恤的数量神不知鬼不觉地增加，抽屉里渐渐放不下了，我便将它们塞进纸箱里堆起来。我的收集绝不是某天一时兴起，来一句"好啊，从今天开始收藏T恤吧！"才开始的。

不过像我这样活得足够久之后，竟然能把收集的T恤出成一本书，想想也怪恐怖的。人们常说"持续就是力量"，此话当真不假。我有时甚至觉得，自己是单单依靠着持续性才生活下去的。

一次我接受杂志 *Casa BRUTUS*[1] 的音乐专题采访，聊着

---

[1] 日本MAGAZINE HOUSE出版社于2000年创办的一款时尚杂志，内容以生活、家居、设计为主。

聊着唱片收藏，我脱口而出："说起来，我也有做类似 T 恤收藏的事。"编辑便提议："村上先生，不如我们开一个连载吧？"于是，我按照编辑的意思，在杂志 POPEYE[1] 上以 T 恤为主题，做了一年半多的连载。那连载就这样成了一本书。连载中提到的 T 恤并没有多贵重，也谈不上艺术性如何，只是将我个人中意的旧 T 恤摊开拍好照片，并配上一篇短文。我不认为这样一本书会对谁有怎样的用处（自然也不认为它有助于解决当下日本面临的诸多问题）。它或许可以算一种展示，说明在二十世纪后半期到二十一世纪前半期的日子里，一个小说家平时穿着这些轻便的衣服，度过了还算轻松快乐的生活。它说不定能成为后世的一份民俗资料，也或许什么用处都没有。对我来说嘛，其实怎样都好，只希望读者能沉浸其中，享受我这一微不足道的收藏。

如果问我在这些收藏当中，最珍惜的是哪个，我想应该是

---

[1] 日本 MAGAZINE HOUSE 出版社于 1976 年创办的一款男装杂志，内容以时尚穿搭、造型为主。

那件印着"'TONY' TAKITANI"（托尼瀑谷）[1]的T恤吧。我在毛伊岛乡下小镇的旧货店里发现了它，印象中大概只花了一美元便买了下来。然后我想着："托尼瀑谷到底是个怎么样的人呢？"驰骋想象，写了一篇以他为主人公的短篇小说。小说还被拍成了电影。只要一美元哦！在我一生的各类投资中，这毫无疑问是最棒的一笔。

---

[1] 该T恤与村上于1990年初次发表在杂志《文艺春秋》上的短篇小说同名。该小说于2005年由导演市川准改编为电影。

目 录

夏天就要冲浪	3
汉堡和番茄酱	11
威士忌	19
保持冷静，阅读村上	27
唱片店的快乐	35
动物可爱但叫人为难	43
意义不明	51
斯普林斯汀和布莱恩	59
大众汽车也许很厉害	67

冰啤酒总是让人情不自禁	75
来本书怎么样？	83
街上的三明治人	91
蜥蜴与乌龟	99
大学T恤	107
飞行	115
超级英雄	123
熊主题	131
啤酒主题	139
那些不经意间收集的T恤故事，和根本连载不完的T恤们	146

Murakami T
Haruki Murakami

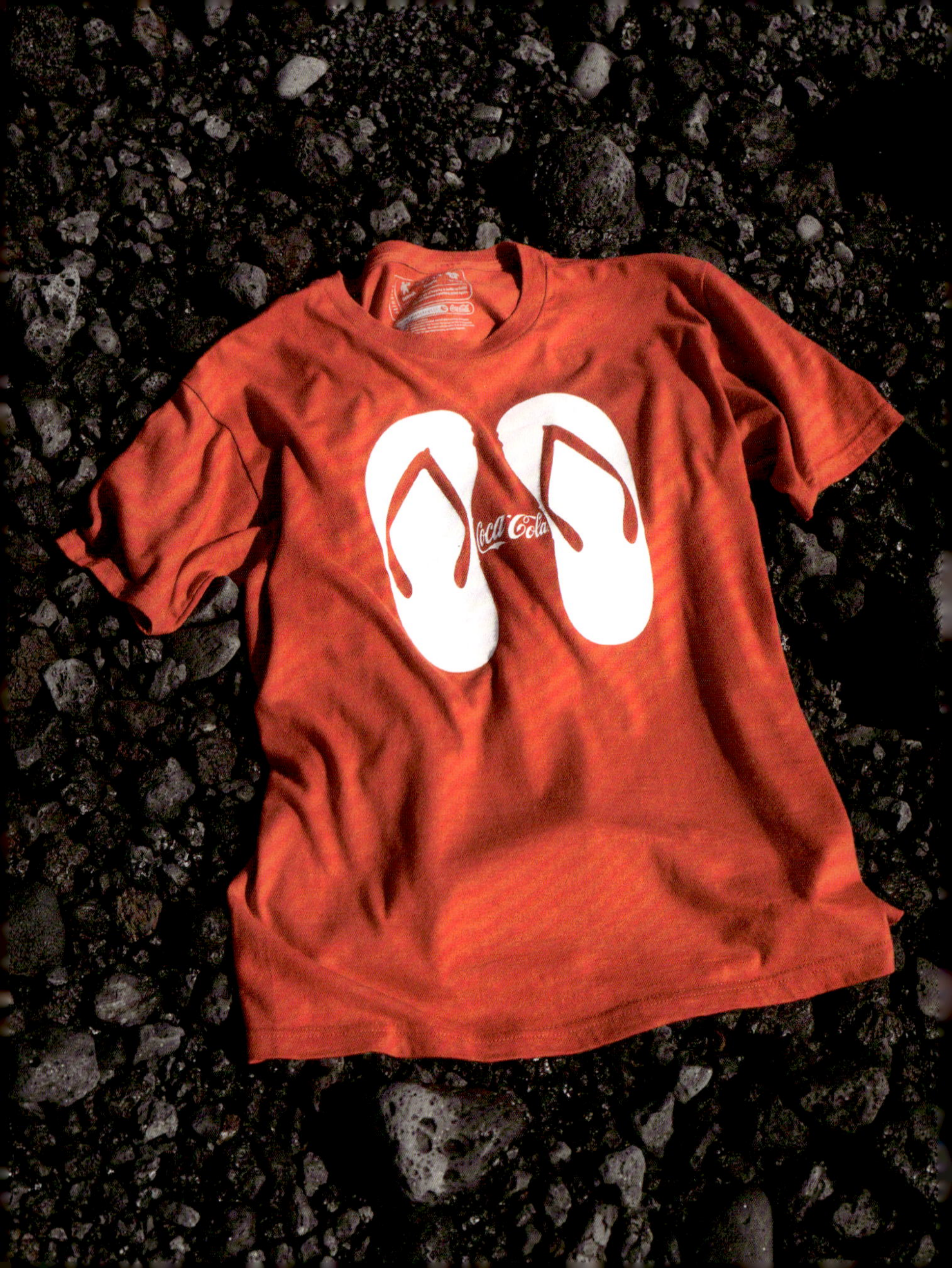
Coca-Cola

夏天就要冲浪

那是很久以前……准确地说,是二十世纪八十年代的事了。如今讲起来有些不好意思,但我当时的确玩过几年冲浪。住在藤泽市鹄沼一带的时候,家附近有一个冲浪发烧友(鹄沼一带这样的人相当多),我是在他的安利下开始冲浪的。在鹄沼海岸上,我用的是长板,但去夏威夷的时候,我租了一块迪克·布鲁尔[1]的短板,每天都去喜来登附近的海域,稳妥而谨

---

[1] 迪克·布鲁尔(Dick Brewer),世界知名冲浪板制造厂商。

T

慎地乘风破浪。我一般早上出海，到中午就回到房间，做些凉面来吃。几乎不工作，有约莫一个月都这样游手好闲地度过。那样的生活真是快乐。那个夏天，收音机里经常传来保罗·麦卡特尼[1]和迈克尔·杰克逊[2]的《说说说》(Say Say Say)。

几年后，我在考艾岛的北岸找房子的时候，遇到一位胖乎乎的热心大叔，带我看了好几套房。他叫理查德·布鲁尔。"你和有名的冲浪板制板师同名呢（'迪克'是'理查德'的爱称）。"我说。"咳，实不相瞒，我就是那个迪克·布鲁尔。"他有些难为情地向我坦白。

欸？可是迪克·布鲁尔为什么要在考艾岛的乡下做房地产商？听了我的疑惑，他的答话声更小了："其实吧，我也不想

---

[1] 保罗·麦卡特尼（Paul McCartney, 1942— ），英国男歌手、词曲作者、音乐制作人，前披头士乐队成员。
[2] 迈克尔·杰克逊（Michael Jackson, 1958—2009），美国男歌手、音乐家、舞蹈家、企业家。

干这个。但老婆说我一把年纪了还一天到晚玩冲浪,太没出息,叫我以后好好干房地产。我也是没辙!"

真是够可怜的。听说在天气晴朗、海浪赏心悦目的日子里,他还是欢欣雀跃到干不下去房地产生意,一个人偷偷到海边眺望海浪。想来也是,那份心情我很理解。与此同时,怕老婆的心情我也深有体会。我还记得我们一起喝了啤酒,互相安慰。他是个挺不错的人。不过,我到底还是没买他的房子。

在网上搜索,我发现迪克先生"在二十世纪六十年代以'巨浪骑士'闻名,曾和当时的顶级冲浪运动者一起,在威美亚海湾、日落海滩的浪尖驰骋"。原来如此,那一定是一段明亮而快乐的青春岁月。不知他如今怎么样了?

三张照片中的 T 恤都与冲浪有关。红色那件是沙滩凉鞋的夏天、可口可乐的夏天,不错吧?白色那件上印有两排六十年代冲浪音乐的唱片封套,令人无限怀念。印有"SUSHI

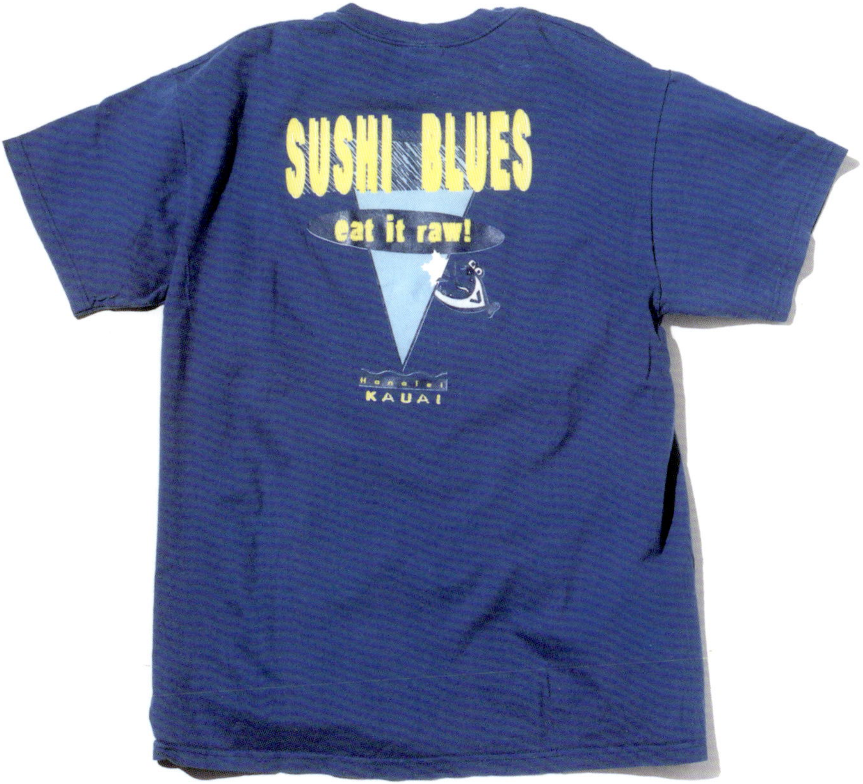
SUSHI BLUES
eat it raw!
Hanalei
KAUAI

BLUES"（寿司布鲁斯）字样的 T 恤购于一家个性十足的寿司店。店位于考艾岛北岸一个叫哈纳雷的小镇，顾客可以边听现场演奏的布鲁斯边吃寿司。不知如今这家店是否还在。曾经的哈纳雷是一个极为悠闲的小镇，总之是个很棒的地方，就是在海滩上躺上一整天，呆呆地望着海浪或云彩，也完全不会腻烦。夕阳也总是华丽极了。人们拿着尤克里里在沙滩上聚会，边唱歌边看夕阳。如今的哈纳雷大概已经变了模样吧。

T⑤的"greg noll"（格雷格·诺尔）是知名长板制板师的名字。我喜欢这件 T 恤的设计，经常穿在身上。

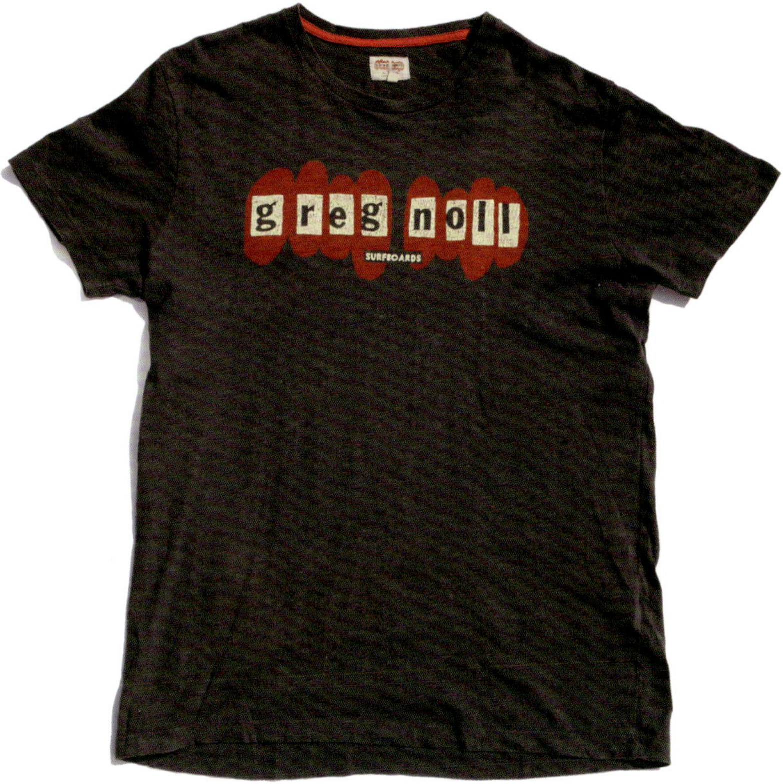
greg noll
SURFBOARDS

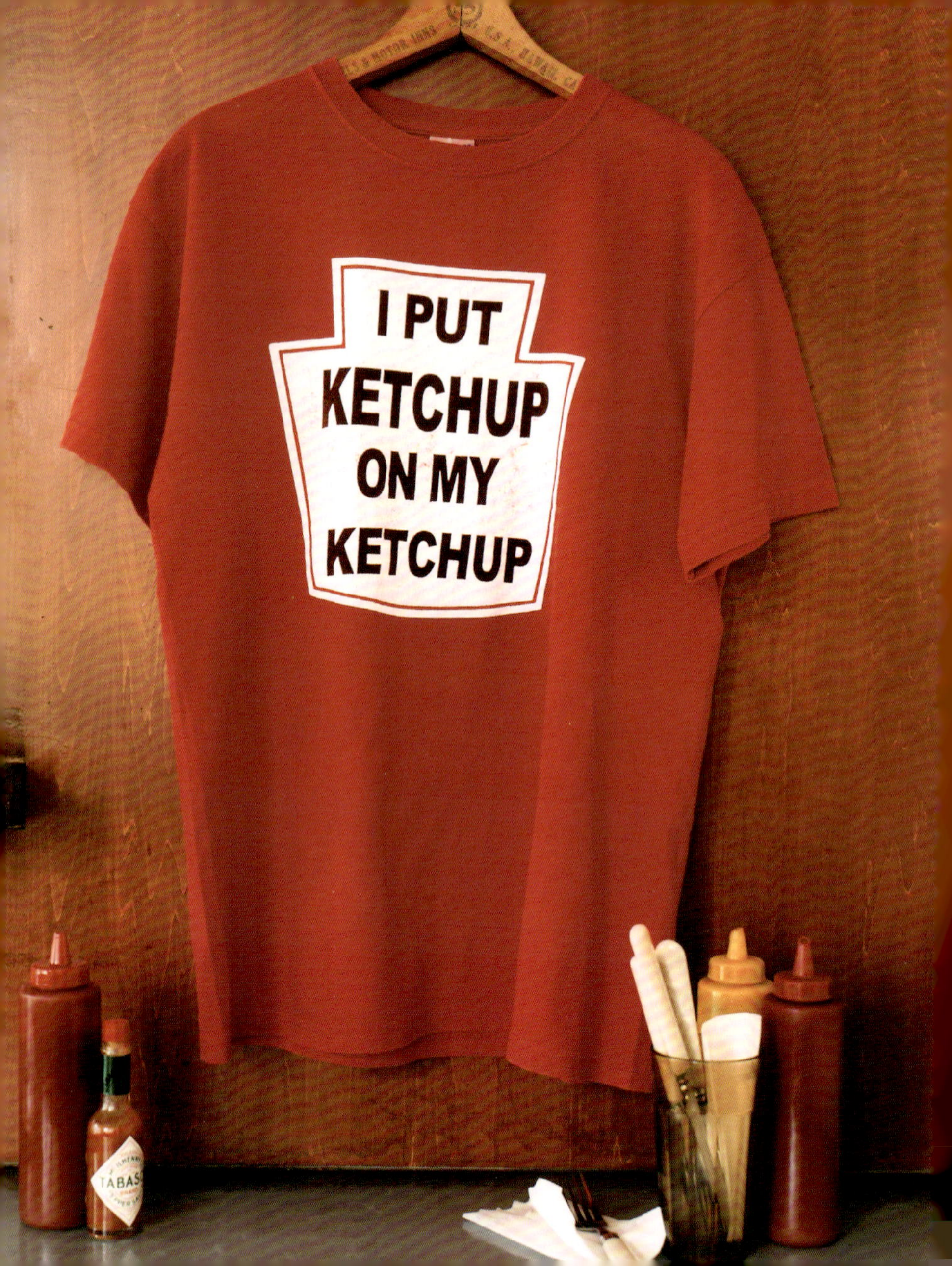
I PUT
KETCHUP
ON MY
KETCHUP

汉堡和番茄酱

去美国旅行。通过海关,走出机场,在街市上放松下来后,我首先想到的就是:"甭管那么多,先找个地方吃一顿汉堡再说。"你呢?反正我总会这样想。这就像极为自然的本能反应,在某种意义上,也是一种富有形式感的仪式——无论它是什么,总之我要去吃汉堡。

理想的情况,是午后一点半左右,午餐的客流基本退去后再走进汉堡店,一个人稳稳当当地坐在吧台区,点一份银子弹生啤和芝士汉堡。烘烤的火候选五分熟,除了汉堡和芝士,再加上洋葱、番茄、生菜和西式泡菜。如果需要配菜，就点现炸的薯条。心灵之友卷心菜沙拉最好也点上。接下来就是重要的汉堡伴侣：第戎芥末酱和亨氏番茄酱。

静下心来喝一口冰凉可口的银子弹，一面听着周围客人的吵嚷声和盘子、玻璃杯的碰撞声，一面谨慎地呼吸着异国的空气，等待服务生端来芝士汉堡。就在这一连串的动作中，我终于实实在在地感受到："哦，是的，我又来美国了……"

你有没有同样的感觉？只消闭上双眼，让这等情景在脑海中浮现，健康的唾液就填了一嘴。

近来，日本也多了不少能吃到正宗汉堡的店，这当然很值得庆贺。不过，在美国的街角无意间就能吃到的、再平常不过的汉堡，已经超出了好吃与否的范畴，别有一番风味了。

主题 T 恤上的印字恰如其分——"我在番茄酱上也要挤番茄酱"（I PUT KETCHUP ON MY KETCHUP）。可见此人

MADE IN U.S.A.
McILHENNY CO.
AVERY ISLAND
LA.
ABASC
BRAND
PEPPER SAUCE

T

07

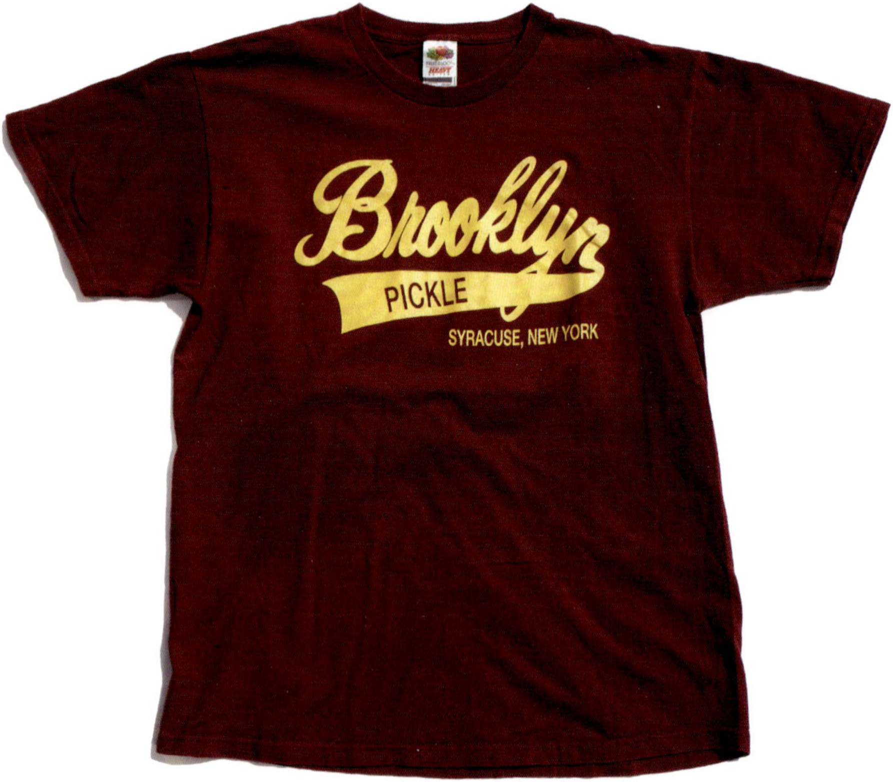

T

(08)

对番茄酱是真爱。这其实是在讽刺无论吃什么都要一股脑儿挤上番茄酱的（一部分）美国人。但有意思的是，制作并发行这件T恤的正是番茄酱的制造商亨氏公司。可以说他们是在玩梗自嘲，其中又自然流露出一股乐观明朗、无意反思的美国精神："才不管什么精明老练呢！老子爱怎么活就怎么活！"

穿着它走在街上，常有美国人向我打招呼："这件T恤不错嘛！"打招呼的大多一看就知道是爱吃番茄酱的善男善女，其中不乏"三高"的市民。我偶尔想对他们说"可别把我跟你们归为一类人啊"，不过大多数时候都会开朗地回答："嗯，不错吧，哈哈哈！"有关T恤的交流给街道平添了几丝活跃的气氛。这样的事在欧洲等地就根本不会发生，再说，欧洲人也几乎不吃番茄酱。

说到汉堡，番茄酱、塔巴斯哥辣酱和西式泡菜是传统搭配。这件"Brooklyn PICKLE"（布鲁克林泡菜），会不会是某家西式泡菜店的T恤呢？上面还写着"锡拉丘兹"这个地名，我也不知道是怎么回事。详细情况无甚了解。

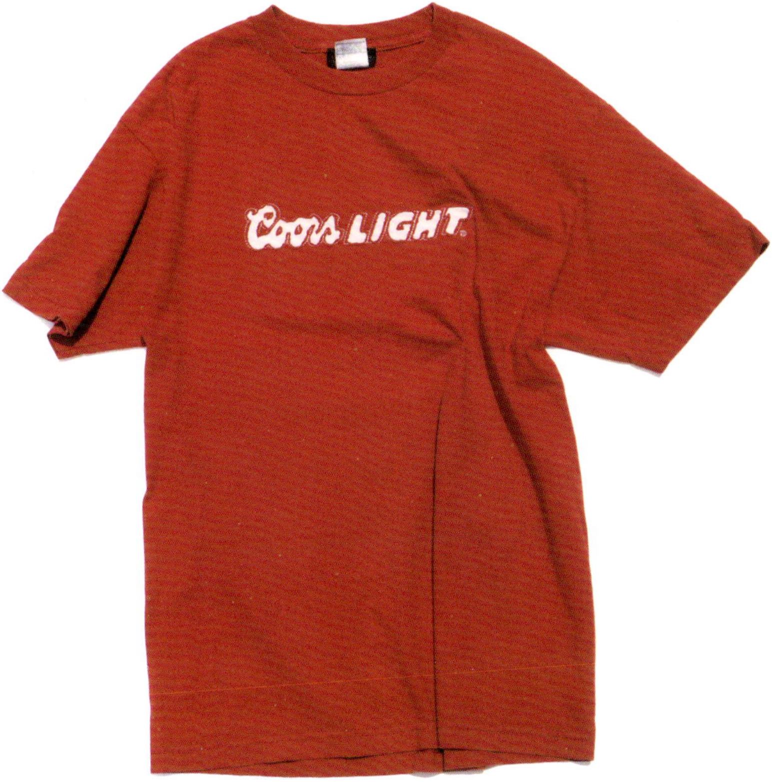

T

09

JAMESON
IRISH WHISKEY
LAPHROAIG
Underberg
STRONGBOW
GUINNESS
PRESIDENT
HIGHLAND QUEEN
Dimple
ROYAL
Ballan
BOWMORE
12
CAOL ILA
Red Label
LAPHROAIG
SIGNATORY VINTAGE
CAOL ILA
TEANINICH
LAGAVULIN

威士忌

你爱喝威士忌吗?说实话,我很爱喝。倒不至于每天都喝、嗜酒成性,但若时机对了,也很乐意添杯。

特别是夜深人静,一个人慢悠悠地听音乐的时候,最适合喝的酒就是威士忌。啤酒太淡,葡萄酒太高雅,马天尼有点装腔作势,白兰地又太克制……这样一来,也就只好拿出一瓶威士忌了。

我平时基本维持着早睡早起的作息,偶尔也有熬夜的时

T
⑪

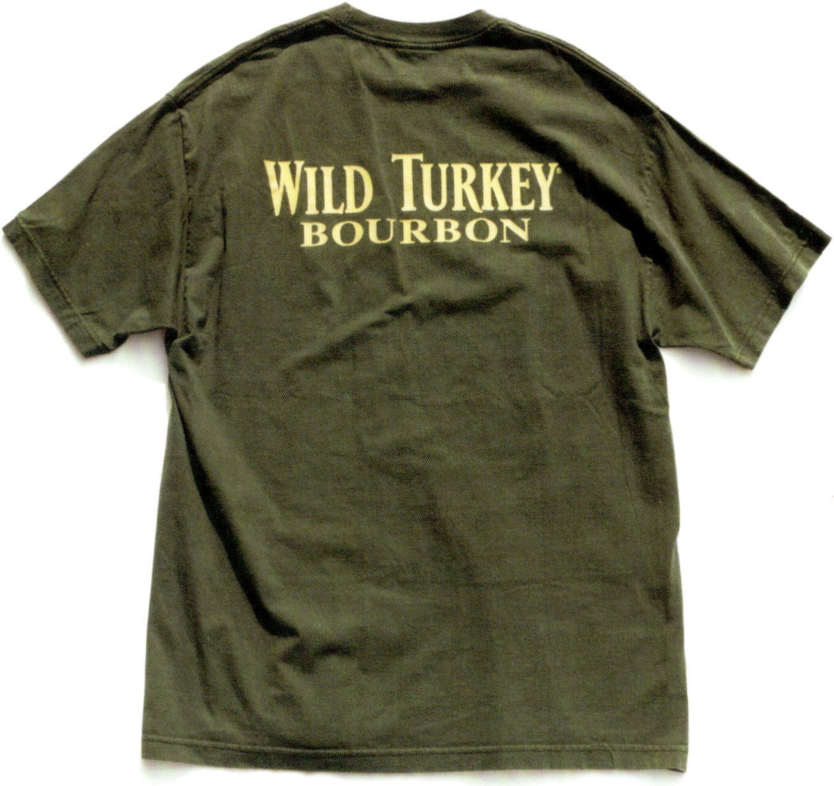

T

⑪

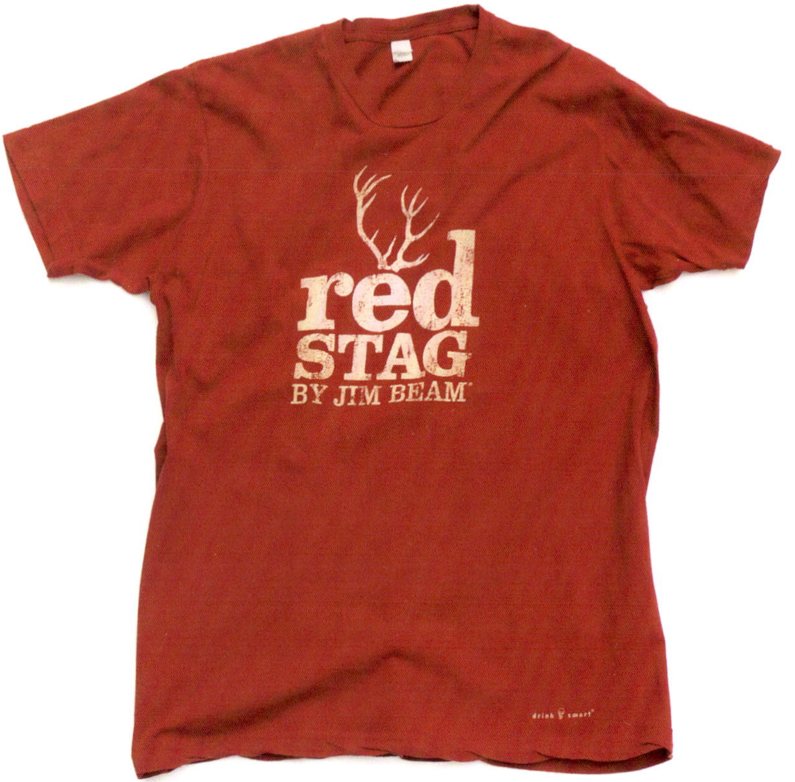

T

(12)

候，基本上都在喝威士忌中度过。喝着酒，将一张听惯了的老唱片放在留声机上。无论怎么说，还是爵士乐最好。在这类场合，以前的黑胶唱片到底比 CD 更合乎氛围。

这种情境下，我最爱的威士忌喝法还是"对半加水"。如果在酒吧之类的地方喝威士忌时有美味的冰块，我也接受加冰，但在自己家一般都是对半加水。做法很简单，将威士忌倒入玻璃杯中（最好是高脚玻璃杯，更为正式），在里面加入同等的水（常温）。然后转转杯子，使二者混合——就这样，再简单不过。

去苏格兰的艾拉岛时，当地人告诉我"威士忌这样最好喝"，从那以后，我基本上都是这么喝的。不是我扬扬得意地自夸，这种喝法的确能品尝到威士忌的原汁原味。因为艾拉岛当地的水有一种独特的香气，尤其适合搭配它们的单一麦芽威士忌饮用。即便是同一种威士忌，在日本用矿泉水兑着喝的话，味道似乎还是稍微差那么点儿意思。所谓"土地的力量"，真是让人不得不服。

越是高档的威士忌,其风味越是独特,就越适合"对半加水"这种简单的方法,这一点,或许用不着我多说。毕竟没有人会把二十五年的波摩[1]做成嗨棒[2],开怀畅饮吧?当然,喝什么、怎么喝都是个人的自由(何况我去神宫球场的时候,也喜欢点神宫嗨棒)。

艾拉岛旁边有一个叫朱拉的小岛,我曾在那里住过一段时间。这座小岛上也有一个有名的单一麦芽威士忌蒸馏厂,那里的水也很好喝,和艾拉岛的水味道不太一样,勾兑出的朱拉威士忌有独特的醇香。店家允许我住在蒸馏厂的山间小木房里,每天想喝多少威士忌就喝多少,还能吃到当地的土特产……我只过了几天这样的日子,已经觉得不枉此生。

我家有不少威士忌公司制作的T恤,但大早上起来就穿着

---

[1] 波摩(Bowmore),指苏格兰历史悠久的波摩酒厂生产的波摩酒。
[2] 嗨棒(Highball),指一种将苏打水与威士忌混合而成的饮用酒。

威士忌主题的T恤走来走去，未免有伤风雅……在旁人眼中，也许像个酒精中毒的大叔。所以这篇文章中的T恤，我穿的次数不是很多，着实遗憾。

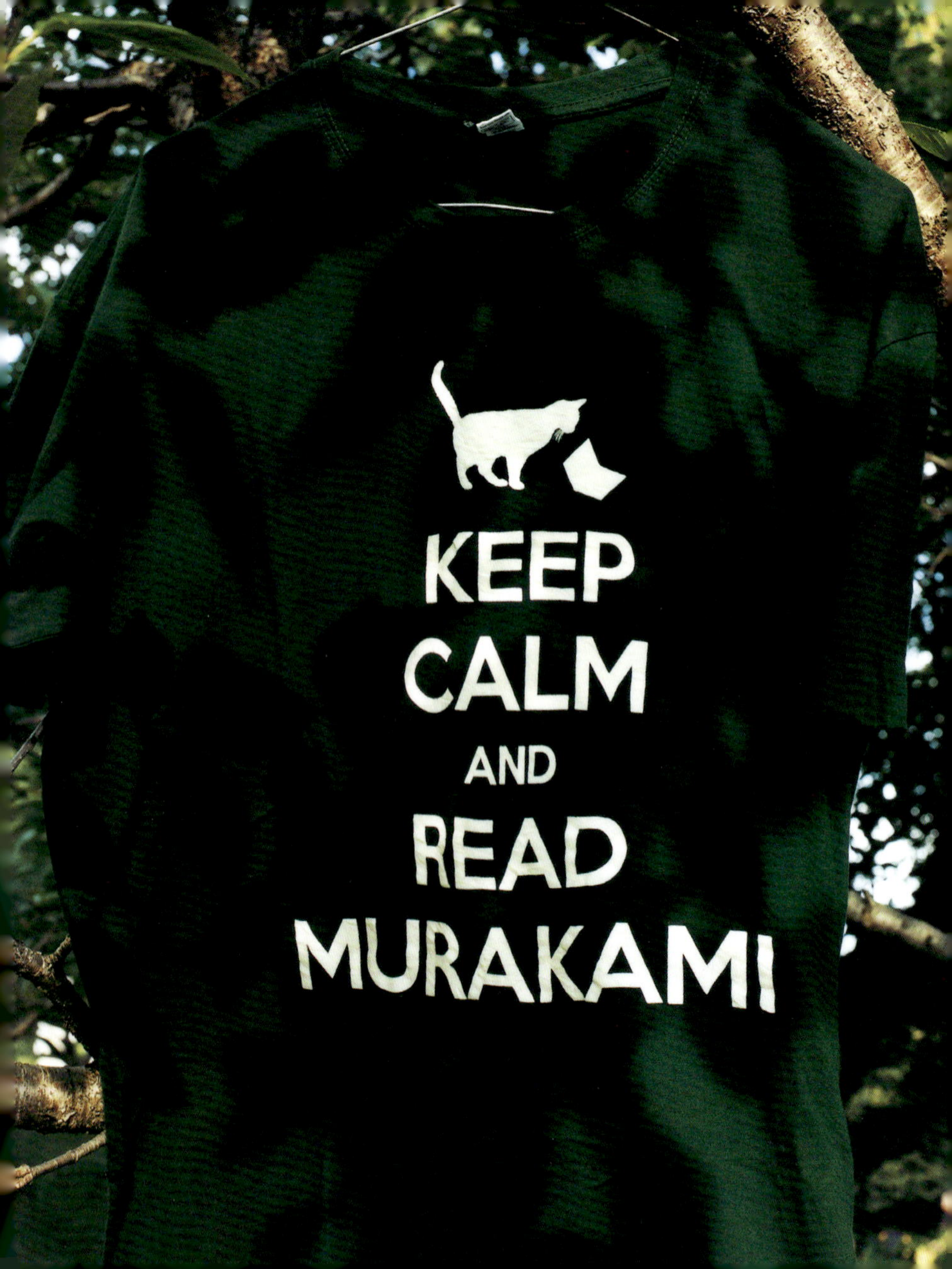
KEEP
CALM
AND
READ
MURAKAMI

保持冷静，阅读村上

国外的图书出版和日本不太一样，为了拉动销售，他们经常会做 T 恤、托特包、帽子之类的周边。各国出版社都会送来周边，告诉我他们做了哪些东西。这类东西堆了好多，至少也能装满一整个纸箱。

这倒没什么所谓，但要问我是否会穿着这类 T 恤上街，我自然是办不到的。村上春树本人怎么可能穿着印有"Haruki Murakami"（村上春树）几个大字的 T 恤，在光天化日之下走过青山大道呢？也不可能提着这样的托特包，去买二手唱片吧？所以这些T恤和推广品一直被我叠好放在纸箱里，在衣柜中睡得香甜。难得人家给做了，我却一次也没穿上身，实在是浪费东西。也许再过个一百年，它们会成为"当时宝贵的资料"，被人视若珍宝吧。

"KEEP CALM"（保持冷静）的T恤是一家西班牙的出版社几年前制作的。"保持冷静，阅读村上"。不错嘛，这句文案很带劲儿。"KEEP CALM AND CARRY ON"（保持冷静，继续前行）原本是第二次世界大战即将开始时，英国新闻部为了安定人心，防止恐慌发生而制作的一款海报上的句子，近年来它重新进入人们的视野，不知为什么广受欢迎，各行各业的人都在化用。雷曼危机的时候，金融机构大量订购了这款海报（当然，实际上几乎没发挥作用）。

我的这件T恤也是化用的产物之一。猫的姿态十分可爱，但作者本人，也就是我，还是不好意思穿。撇开此事不谈，人生在世，出于某些原因心浮气躁、心神不定的时候，坐下来勤

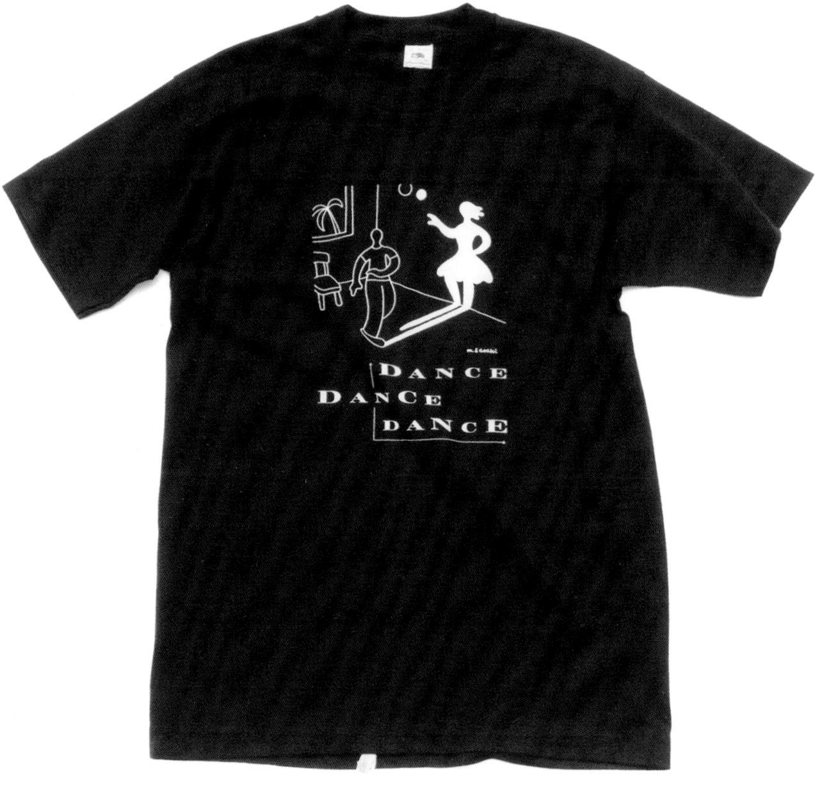

T

⑭

奋读书到底是一件好事。希望各位勤奋不辍地读下去。

《舞！舞！舞！》的T恤是二十世纪九十年代初小说在美国出版的时候做的，用了佐佐木[1]先生画的封面图。这大概是我作品的第一件促销T恤，如今成了一件颇具怀念意义的纪念品。不过，这件衣服我自然也没穿过。

《挪威的森林》的T恤是英国的出版社做的。对方认为这本书的日文版分成上下册的方式"很酷"，于是在二〇〇〇年专门出版了红色和绿色的两卷收藏本（带套盒），还制作了配套的推广用双色T恤。他们的努力我非常认同，也很感动，但T恤我还是无论怎样也不会穿的。就算不是本人穿，两个人穿成一对儿出去，也未免太显眼了。

最后这件是东京广播电台为推广我的电台节目做的T恤。

---

[1] 佐佐木（MAKI，1946— ），日本漫画家、绘本家、插画师。曾多次与村上春树合作，为其作品绘制封面及插画。

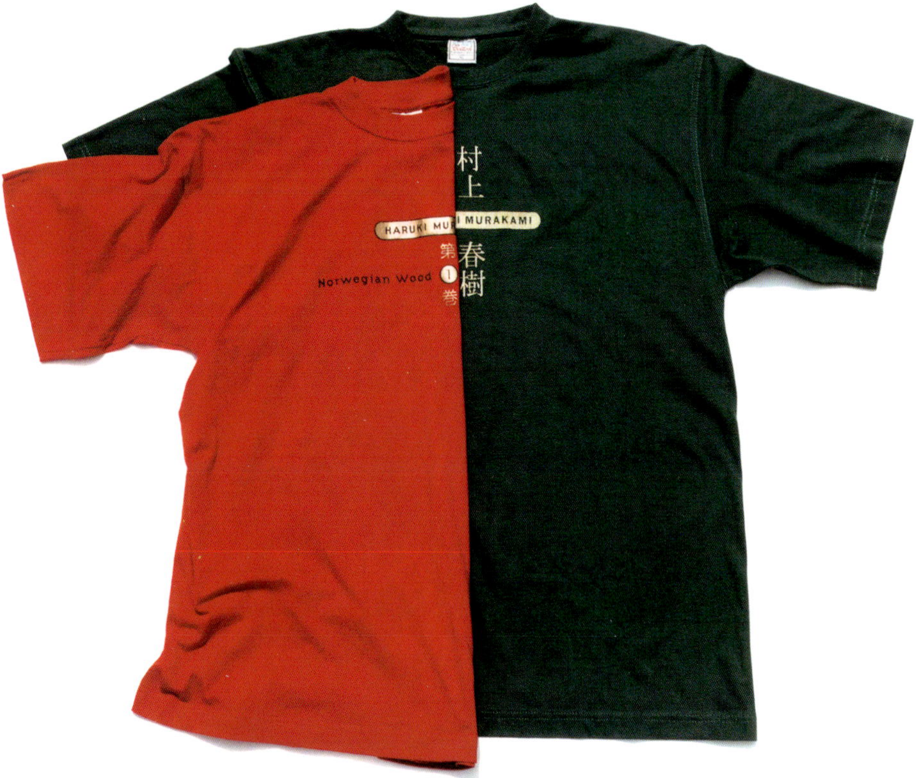

T

⑮ ⑯

电台允许我把藤本理[1]先生为我画的插画印在衣服上。画非常棒,可惜藤本理先生已经因病早逝。他很有才华,画风独特,却英年早逝,实在可惜。至于电台节目……我还在偶尔更新,欢迎大家有空去听(打广告)。

---

[1] 藤本理(1968—2015),日本漫画家、插画师。曾为村上春树的图书和网页绘制插画。2015年11月因白血病身故。

村上RADIO
この番組は、村上春樹史上初、
自らがディレクターとなりテーマに合わせて選曲し、語ります！
TOKYO FM
JFN
DNP

T

⑰

GLENN GOULD
THE COMPLETE BACH COLLECTION
Hips
VINYL
JUNKIE

唱片店的快乐

不管怎么说,我就是喜欢唱片,从懂事起,便乐得将全部零花钱用在搜集唱片上。只要有想要的唱片,哪怕不吃午饭,也要用省下来的钱买到手。半个多世纪过去后的今天,我收购唱片的热情仍旧不减。在二手唱片店花上一个小时啪啦啪啦地翻找唱片,于我而言是无上的喜悦。光是盯着买回来的唱片,闻闻它们的味道,我都觉得幸福。

至今为止,我无论到哪个国家,都会去当地的唱片店瞧瞧。

我主要收集爵士乐唱片，如果没挑中有价值的爵士乐，还会去古典乐或摇滚乐的专区搜罗一番，家里的唱片就这样越来越多——这自然是件麻烦事，但我对唱片的爱就像中毒或生病似的，就连自己也拿它没辙。何况和患其他疾病或中毒相比，喜欢唱片也没什么危害（找借口）……

在全世界兜兜转转，从二手唱片店的角度来看，哪座城市最有魅力呢？第一名还是非纽约莫属。那里的唱片店数量繁多，内容充实，价格标准也成熟（虽说贵的也是真贵）。第二名是斯德哥尔摩。北欧——特别是瑞典——有许多热情的爵士乐爱好者，那似乎也是一块珍惜唱片的土地，能淘到很有意思的东西。我在这座城市停留了一周，其间没完没了地淘唱片，但一点儿也没觉得腻烦。有三天去了同一家店（这家店的品类极为丰富，我花了三天时间，仔仔细细地浏览完所有商品），老板记住了我，问我"想不想看更稀有的货"，我回答"想看"。于是对方将我带到里面的房间，给我展示了秘密的唱片货架。普通的客人是不给看这货架的，这里头可真是有不少稀罕东西。

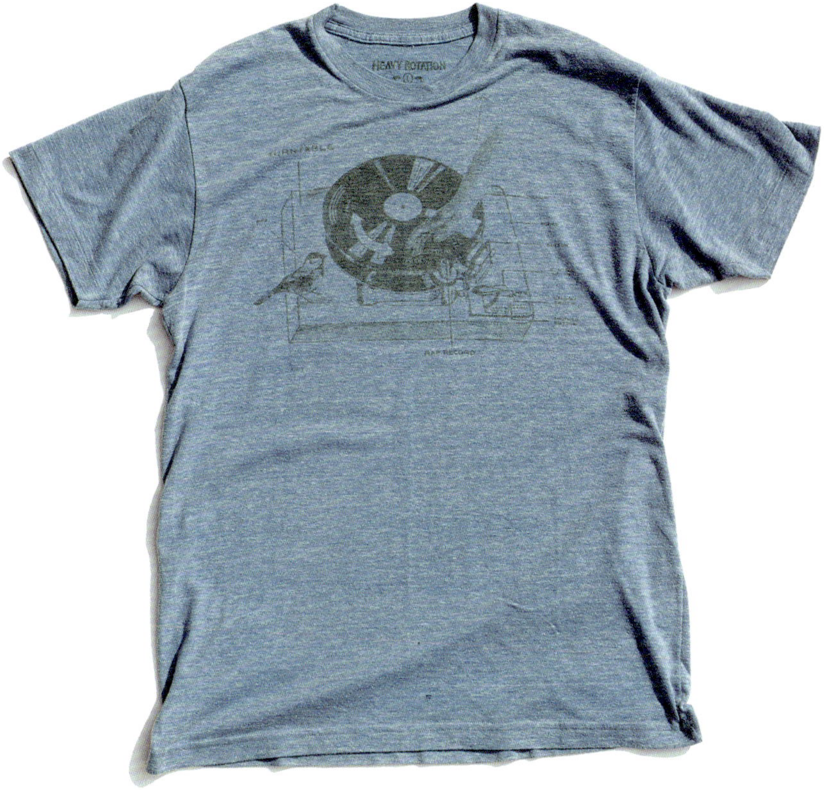

T

(19)

T
⑳

那真是一次极致的享受。

第三名是哥本哈根。它比斯德哥尔摩差上一截,但也有很多有意思的二手店。由于逛店非去郊外不可,我租了辆自行车往返。第四名是波士顿。我在这座城市住了三年左右,很熟悉住处周边二手唱片店的情况。我排好了顺序,每周把约莫十二家唱片店轮流逛一遍。当时是开着车逛的,城市里很难找到停车场,这成了一个难题。我一心想淘到好唱片,连停车时间都忘了,经常吃交通罚单。挨罚后需要写一张二十美元的支票,寄到波士顿市警察局。

巴黎、伦敦、柏林、罗马等城市街边的二手唱片店不曾给过我同等的快乐。我辛辛苦苦地四处淘换,却几乎不曾找到中意的唱片。为什么会这样?

最近,我去了一趟墨尔本。以前我在悉尼待过一个来月,没找到什么有意思的二手唱片店,颇感失望,所以对这趟旅程没抱多少期待。可没想到,墨尔本的二手唱片店相当让人兴奋。

T

㉑ 40

我到大学附近一看，有趣的二手书店和唱片店鳞次栉比，就算无所事事地溜达也很开心。二手唱片店里摆着店家自制的唱片店地图，对客人很友好；另外，这座城市配有闹市电车，乘坐方便，轻轻松松便可探店。这是个值得推荐给唱片发烧友的地方。墨尔本的葡萄酒也很美味。

另一个让我惊喜的城市是火奴鲁鲁，尽管专业的二手店不多，却有类似慈善商店[1]的旧货店，在那里有机会意外地邂逅珍奇的物件。而且一张碟只要一美元。比如……说来话长，今天讲不完了，还是下次再说吧。

---

[1] 慈善商店（Goodwill），美国的慈善二手商店。

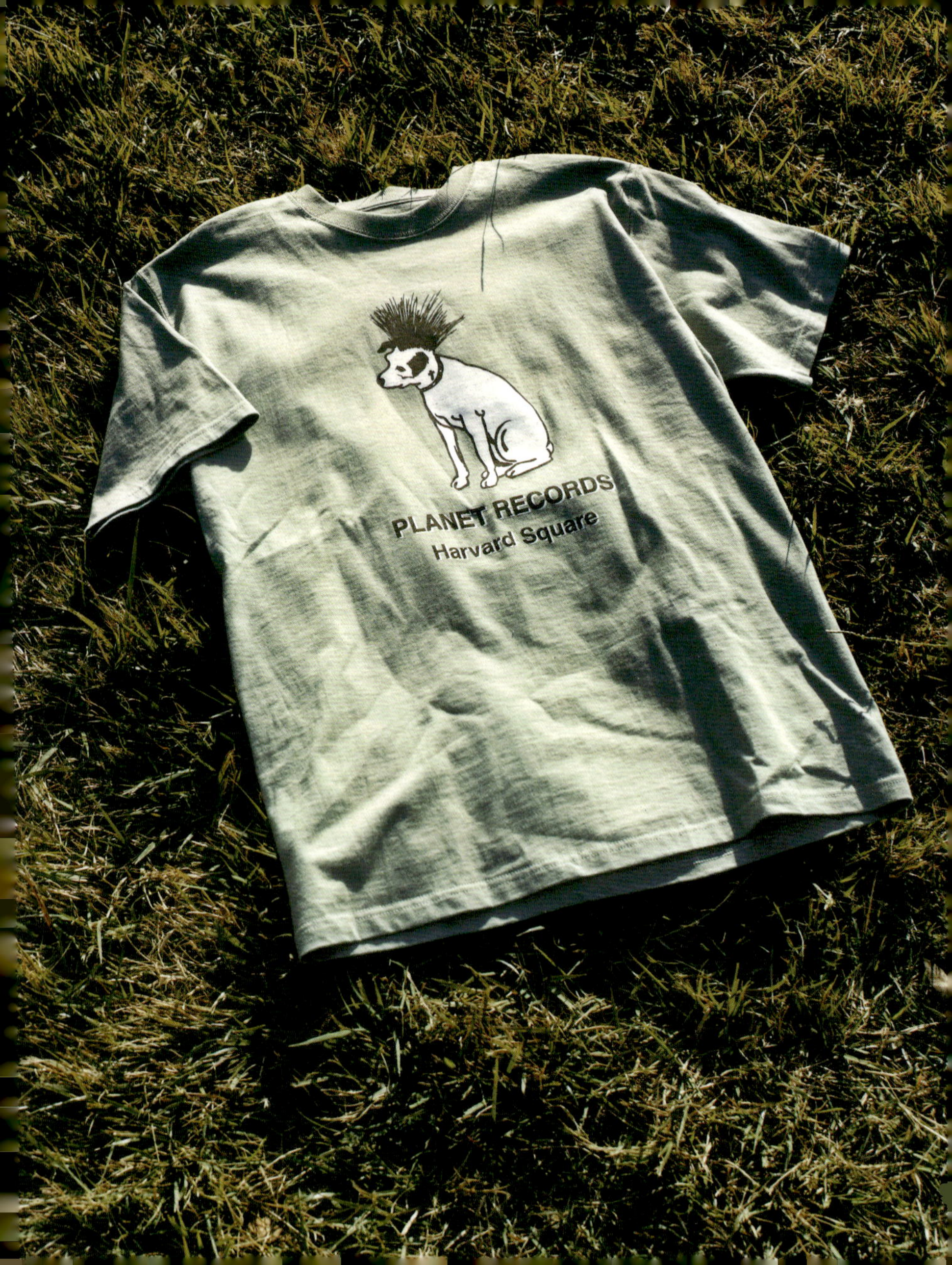
PLANET RECORDS
Harvard Square

动物可爱但叫人为难

一般来说，穿上动物图案的T恤，女性朋友很可能会评价一句："哇，好可爱！"对方会如此反应自然无可厚非，可这样一来，我总会忽然觉得尴尬，说不上为什么，仿佛自己穿上这件T恤，就是为了听女人们说一句"哇，好可爱"的。因此，动物图案的T恤就让我比较为难。这跟"大阪的阿姨穿豹纹"的意思又不太一样……所以，老实说，我几乎没怎么穿过这些动物图案的衣服。

不过，这样一件件地看下来，它们的确是挺可爱的。

"朋克小狗尼帕[1]"购于马萨诸塞州的剑桥大学城，是一家名为"行星"的小型二手唱片店的原创T恤。这家店就在哈佛大学的正门附近。店头贩售的T恤很不错，但在我印象中，他们的老本行——唱片生意似乎没有为我带来什么像样的收获。对了，唱片店附近有一家名叫"罗望子湾"的印度餐厅，环境幽雅，比唱片店更有魅力……不过这些事我讲了也没什么用。

以前，在美国的电影院看《疯狂的麦克斯2》的时候，有个顶着朋克头的人坐在前面，导致我没看清银幕。我对朋克头没什么成见，但在影院遇上朋克头，就不太好办了。

这件狐狸图案的T恤是在火奴鲁鲁的旧货店买的，但当时我并不知道图案的寓意。后来一查才知道，原来有一首名叫《狐狸叫》（*What Does the Fox Say*）的歌在二〇一三年火遍了

---

[1] 该图案改自胜利牌唱片标签，标签图片则源自一幅名为《他主人的声音》的画作。画中一只名叫尼帕的小狗在歪头认真聆听留声机中传来的已逝主人的声音。

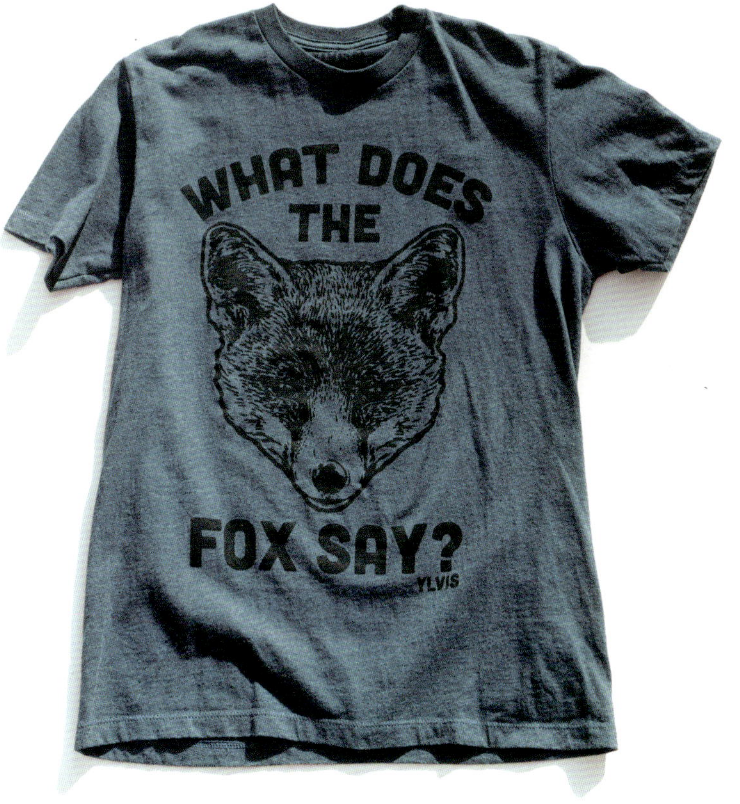

T

全世界。我到YouTube上一搜，旋律相当荒诞。因此，这件T恤我也几乎没怎么穿过。

好奇猴乔治[1]的T恤我已经想不起来是在哪里买的了。估计是看着图案挺可爱，脑子一热就买了下来。不过，我总也没有足够的勇气，穿着它走上青山大道。于是打算在巴哈马海岸之类的地方，趁着人多偷偷穿一穿。不过，我总也抽不出工夫去巴哈马……

最后这件T恤是已故的安西水丸[2]先生送给我的。上面用片假名写着"树懒"二字。如果不写这两个字，我真是一点儿也看不出来那挂在树枝上的活物是什么。水丸先生经常用这一招，即使是肖像画，也不会画得太像，画完在画像旁边写上"宫本武藏""林肯"等人名。可一旦把名字写在画像旁边，人们

---

[1] 《好奇的乔治》系列绘本由H. A. 雷和玛格丽特·雷夫妇长期联手创作。讲述生活在非洲的活泼小猴子乔治的故事。

[2] 安西水丸（1942—2014），日本漫画家、作家、绘本家。和村上有着多年的深厚友谊，二人曾合作过多部作品。村上作品中偶有登场的角色"渡边升"，就是借用了安西水丸的原名。

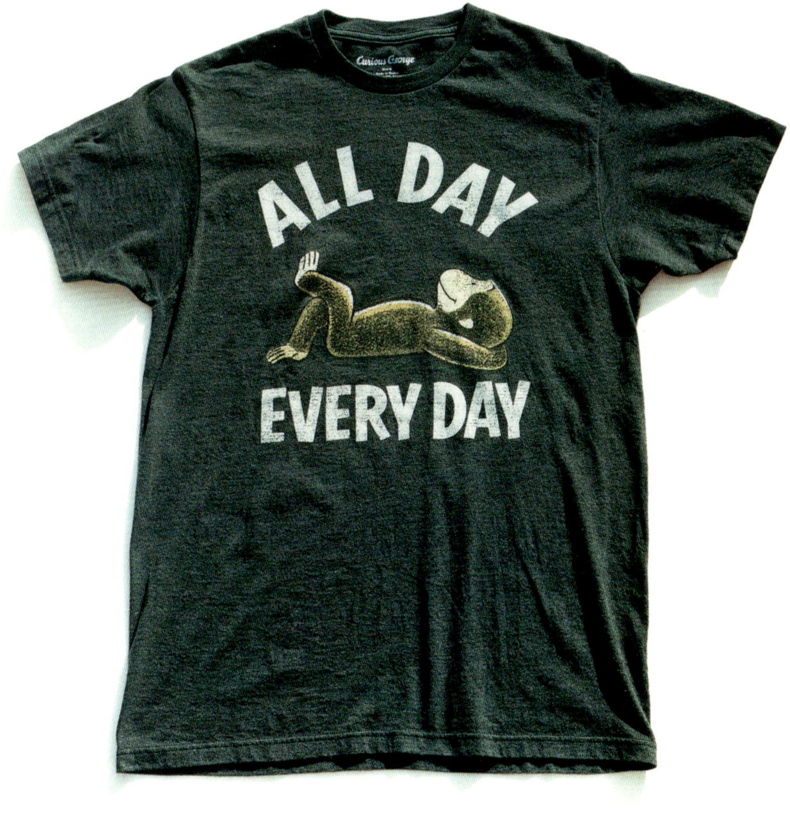
Curious George
ALL DAY
EVERY DAY

T

就会自然而然地认为"啊,这确实是宫本武藏""啊,这确实是林肯",神奇得很。回想起来,水丸先生实在是个奇才。

无论怎样,这件T恤画的是"树懒"。只要我穿上它,女性朋友绝对会说:"哇,可可爱爱!"要问我穿过没有,答案是"尚未"。

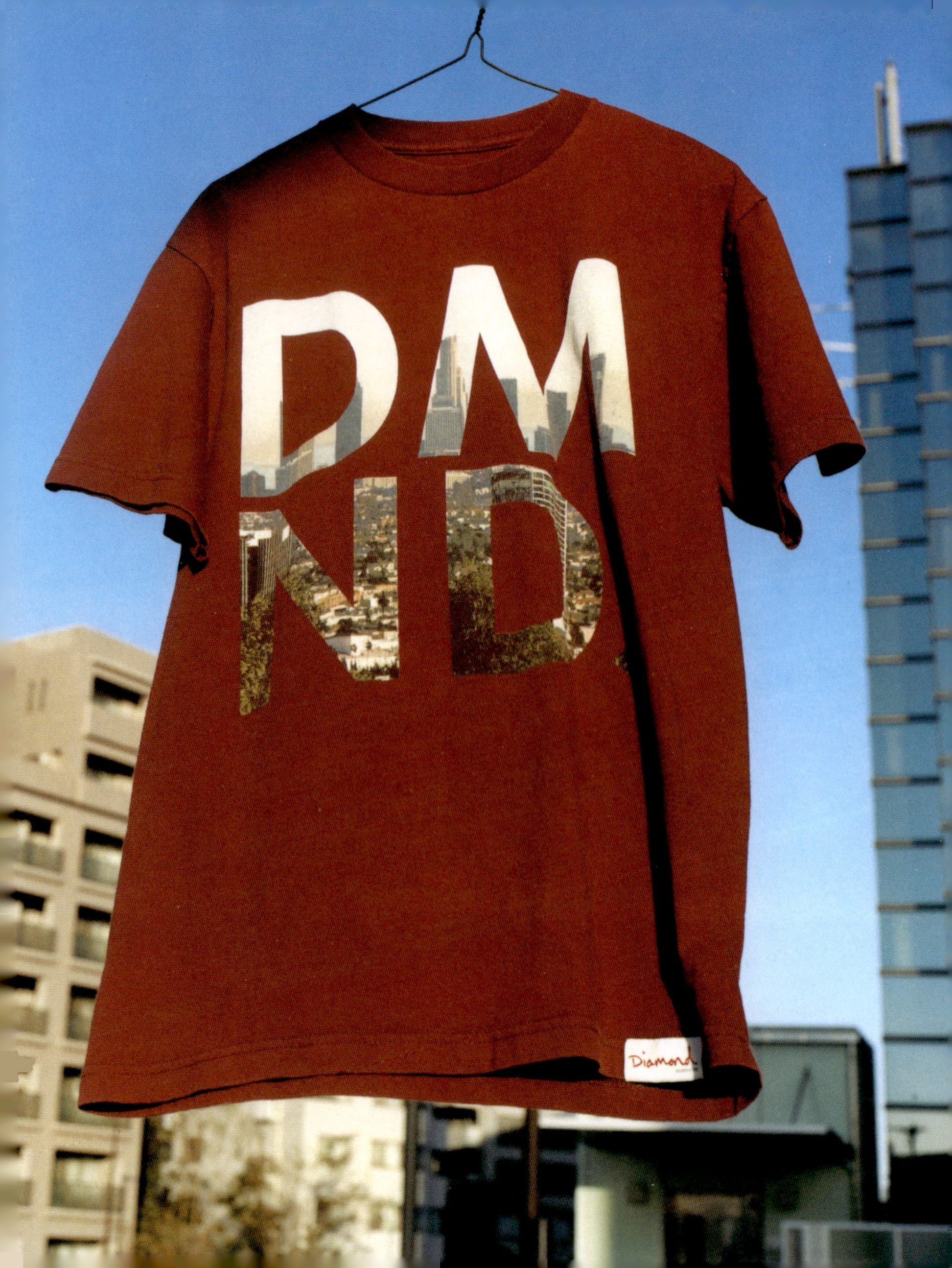
DM
ND
Diamond

意义不明

有一位名叫伊琳娜·赛博特的女摄影家，为作家拍摄写真几乎是她的主业。去纽约时，为了让她帮我拍照，我经常去拜访她开在格林尼治村附近的工作室（实际上，是出版社要求我去的）。她不愧是专业拍摄"作者近照"的人，摄影功底了得。我们有二十多年的交情。

每次拍摄，我都会带上几种不同类型的衣服，但纯色 T 恤是她永远的最爱。她的观点是：写真摄影的服装，没有哪种能胜过纯色T恤。"哎呀,你看看亨利·卡蒂埃-布列松[1]拍的那张杜鲁门·卡波特[2]穿T恤的照片,多迷人呀!"她说。嗯,咳,那张照片的确迷人……

我当然也喜欢纯色T恤,平时生活中穿得最多的应该就是它了;其次常穿的,可能就是纯色底只有艺术字的T恤。而且不能是一串有意义的句子,最好是那种生硬的单字,让人看了满头问号,心想:"这到底是什么意思?"这类文字像图案一样,怎么也看不腻,信息性更少,形状规整,也好搭配其他衣服。所以看到这类T恤,我经常冲动地买下来。

不过,这件"DMND"究竟是什么意思呢?我用谷歌搜索,有一种说法是名为"Digital Marketing Nanodegree"的公司的简

---

[1] 亨利·卡蒂埃-布列松(Henri Cartier-Bresson,1908—2004),法国摄影家、现代新闻摄影之父,被誉为二十世纪最伟大的摄影家之一。
[2] 杜鲁门·卡波特(Truman Garcia Capote,1924—1984),美国作家,著有多部经典文学作品,包括中篇小说《蒂凡尼的早餐》《冷血》等。

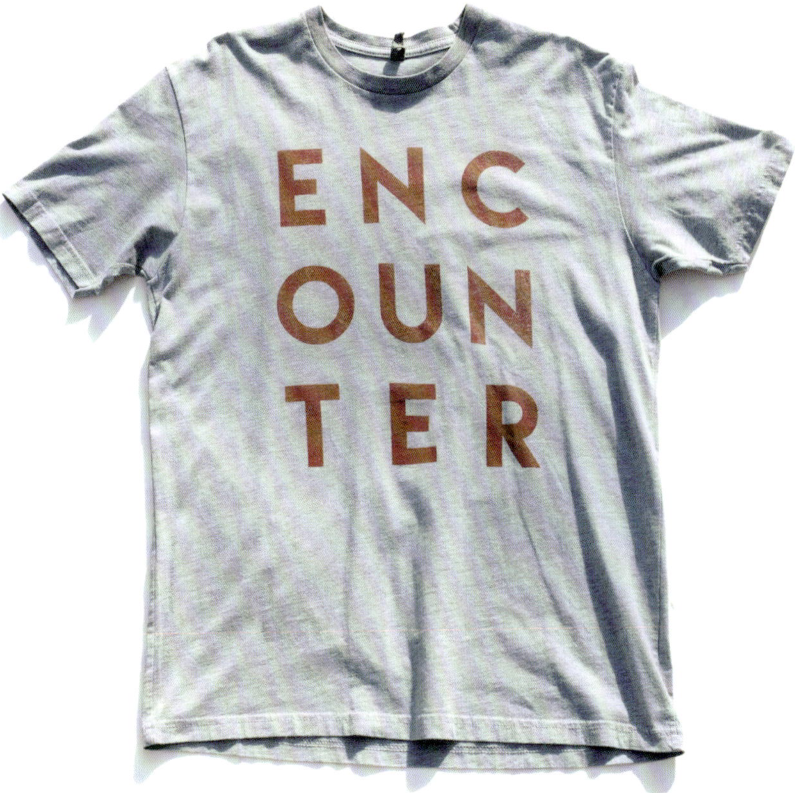

T

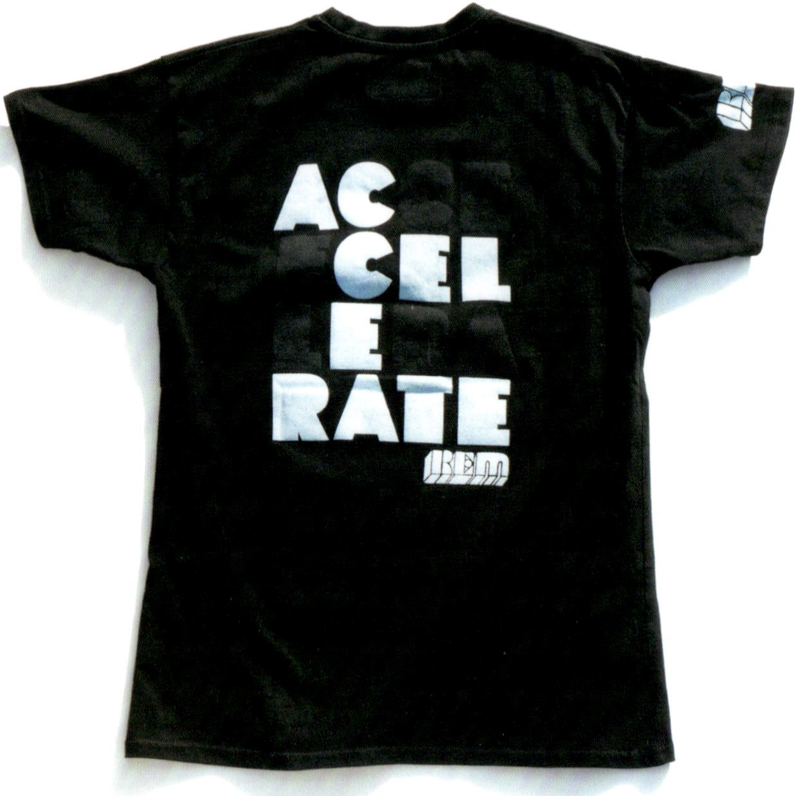

T

(28)

称。还有一种说法是名为"Diamond Youth"的摇滚乐队的简称。也可能单纯是"Damned"（被诅咒的家伙）的简称。我穿着印有"DMND"几个大字的T恤在街上走，没得到任何解释，对一切一无所知。偶尔也会感到不安：这样做真的好吗？没什么问题吧？不过到现在为止，我还没被人骂过，也没有人突然冲上来揍我一顿，看来还是无伤大雅的。

印着"ENCOUNTER"的这件也有点儿莫名其妙。当然，这个单词有"邂逅""相遇"的意思，但我根本不知道这件T恤是用来干什么的。同样在网上搜索，搜出了日本摇滚乐队的名字（世上的摇滚乐队真多啊）、道玄坂的意大利餐厅等，看样子哪个都对不上号。但我喜欢这件衣服的设计，平时穿得还蛮多的。但愿它不是什么相亲网站的T恤。

"ACCELERATE"（加速）是摇滚乐队（又是摇滚乐队）R.E.M.为推广唱片做的T恤，这件姑且可以放心地穿出去。

"SQUAD"也是个不解之谜。这个单词的意思是"小分队"，

T

可究竟是什么的小分队呢？每当穿上它的时候，我都暗自祈祷，希望别有什么危害，或招致什么损失。

如果有读者知道这些T恤的含义，请告诉我（都是在美国的二手店买的）。

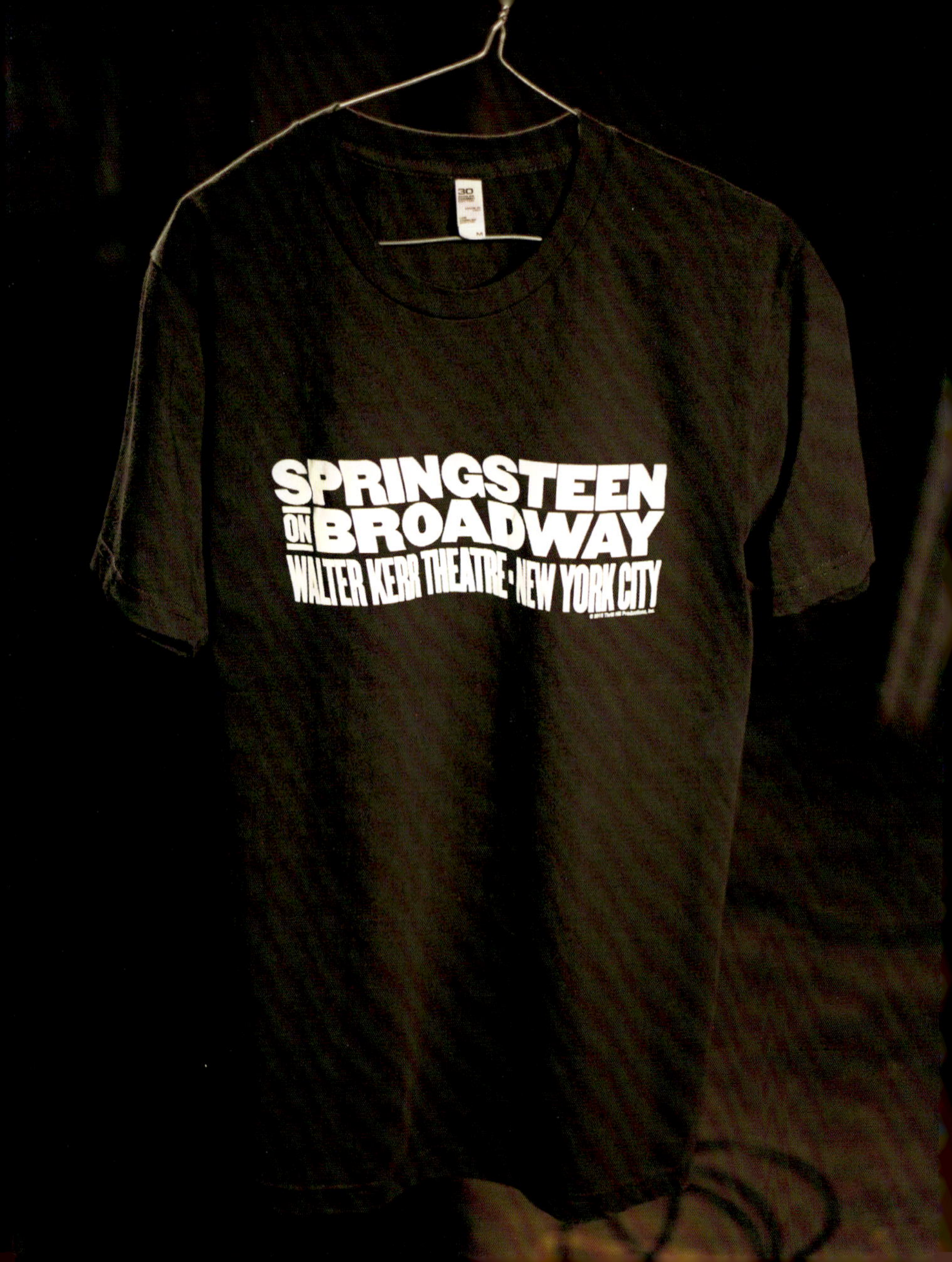
SPRINGSTEEN
ON BROADWAY
WALTER KERR THEATRE · NEW YORK CITY

斯普林斯汀和布莱恩

那是大概三十五年前的事了,我穿着杰夫·贝克[1]日本巡演的T恤,在新奥尔良的酒店坐电梯时,同一班电梯的美国大叔跟我搭话。他是位体格肥硕的美国人。

"我儿子,杰夫·贝克。"他说。

"您说什么?"由于一时间没明白他的意思,我反问。

"我是说啊,我叫约翰·贝克,我儿子叫杰佛瑞·贝克。

---

[1] 杰夫·贝克(Jeff Beck,1944—),英国摇滚吉他手。致力于音色的创新,曾六度获格莱美最佳摇滚器乐演奏奖。

大家都叫他杰夫。"

"不过,他和那位吉他手没关系?"

"嗯,毫无关系。只是名字一样。"

但突然跟我说这个,我又能说什么呢?压根儿没有从这个话题展开对话的余地。我也不好去问"您儿子还好吗"(因为根本不认识人家)。所以接下来,我们在电梯里一直无话。

去听演唱会的人,很容易买 T 恤回来。听演唱会很开心,T 恤又是不错的纪念品……但实际上可能穿不上几次。基本上,就只是买下来当作纪念而已。

"斯普林斯汀在百老汇"的 T 恤是二〇一八年十月买的。一般来说,想听布鲁斯·斯普林斯汀[1]的演唱会,只能去武道馆或东京巨蛋这类地方,所以他在纽约百老汇客容量不到一千

---

[1] 布鲁斯·斯普林斯汀(Bruce Springsteen,1949—),美国摇滚歌手、词曲家。他组建的东大街乐队(The E.Street Band)是美国最著名的摇滚乐队之一。

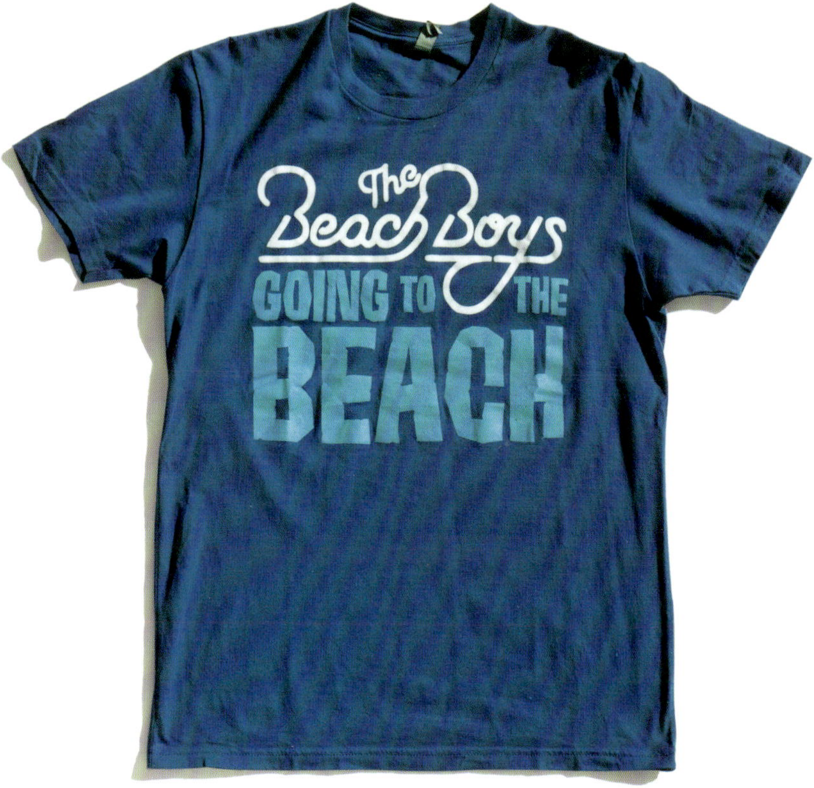
The
Beach Boys
GOING TO THE
BEACH

人的沃尔特·克尔剧院举办的演出极受欢迎，可谓一票难求。不过我还是动用人际关系，搞到票去听了。那场演出可太棒了，毕竟斯普林斯汀就在我六七米远的地方，几乎是用未经过任何处理的声音献唱。尽管票价高达八百五十美元一张，但想到这样的机会也许一生就一次，我还是豁出去努力了一把。自然也买了T恤回来。

原来斯普林斯汀和我同样年纪。他身体硬朗紧实，看上去非常健康，声音也完全听不出衰老。我也要加把劲了。

"沙滩男孩[1]"T恤也是近几年我在火奴鲁鲁看演唱会时买的纪念T恤。说是"沙滩男孩"，但现在布莱恩已经不参与演出了，其实就是迈克·洛夫和布鲁斯·强斯顿两位大叔的乐队。即便是夏威夷和沙滩男孩这样绝佳的搭配，观众的热情还是差

---

[1] 沙滩男孩（The Beach Boys），创立于1961年的美国摇滚乐团。该乐团以反映加州青年文化、关于车和冲浪的歌曲著称。创始成员有布莱恩·威尔逊、丹尼斯·威尔逊、卡尔·威尔逊、迈克·洛夫、阿尔·贾丁。《微笑》（*SMILE*）为乐团鼎盛时期策划的专辑之一，经历重重阻碍后，于2004年由布莱恩·威尔逊单独发布。

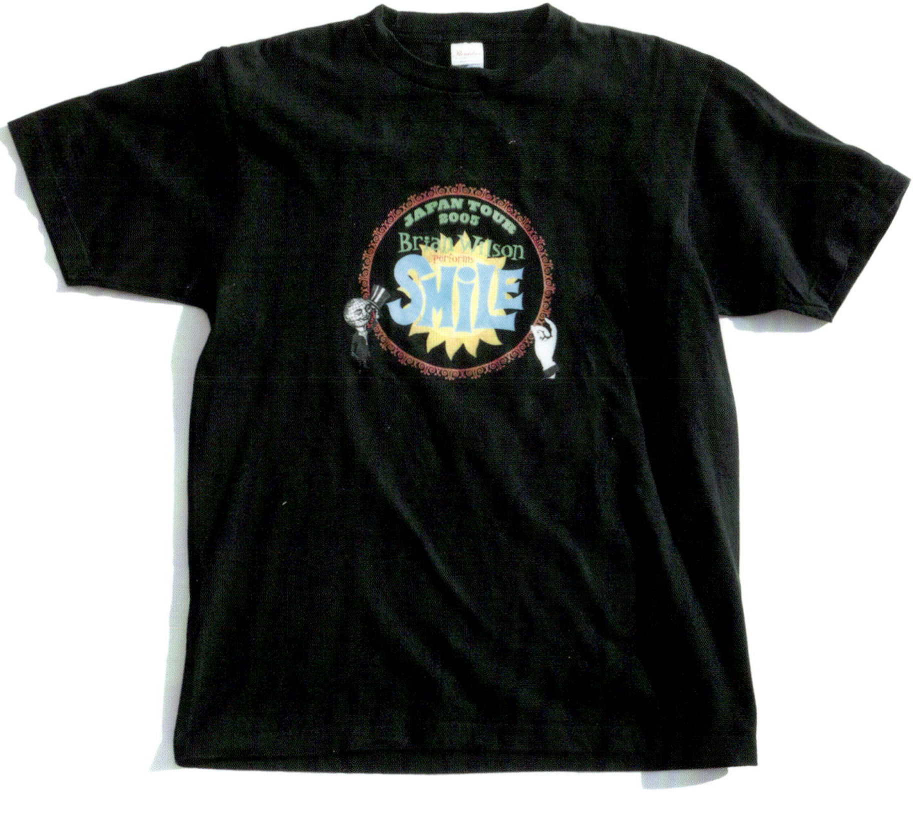

T

32

T
㉝
64

了点儿意思。但我看T恤设计得很棒,就买了下来。

相比之下,还是布莱恩·威尔逊本尊的"微笑巡演"更受追捧。虽然他唱得不多,假声部分还请别人代劳,观众还是大受感动:"哦,布莱恩在我眼前唱了《冲浪》!"演出会场欢声雷动。天资对音乐来说还是很重要的。最后再展示一件R.E.M.的T恤,我很喜欢他们这张专辑。

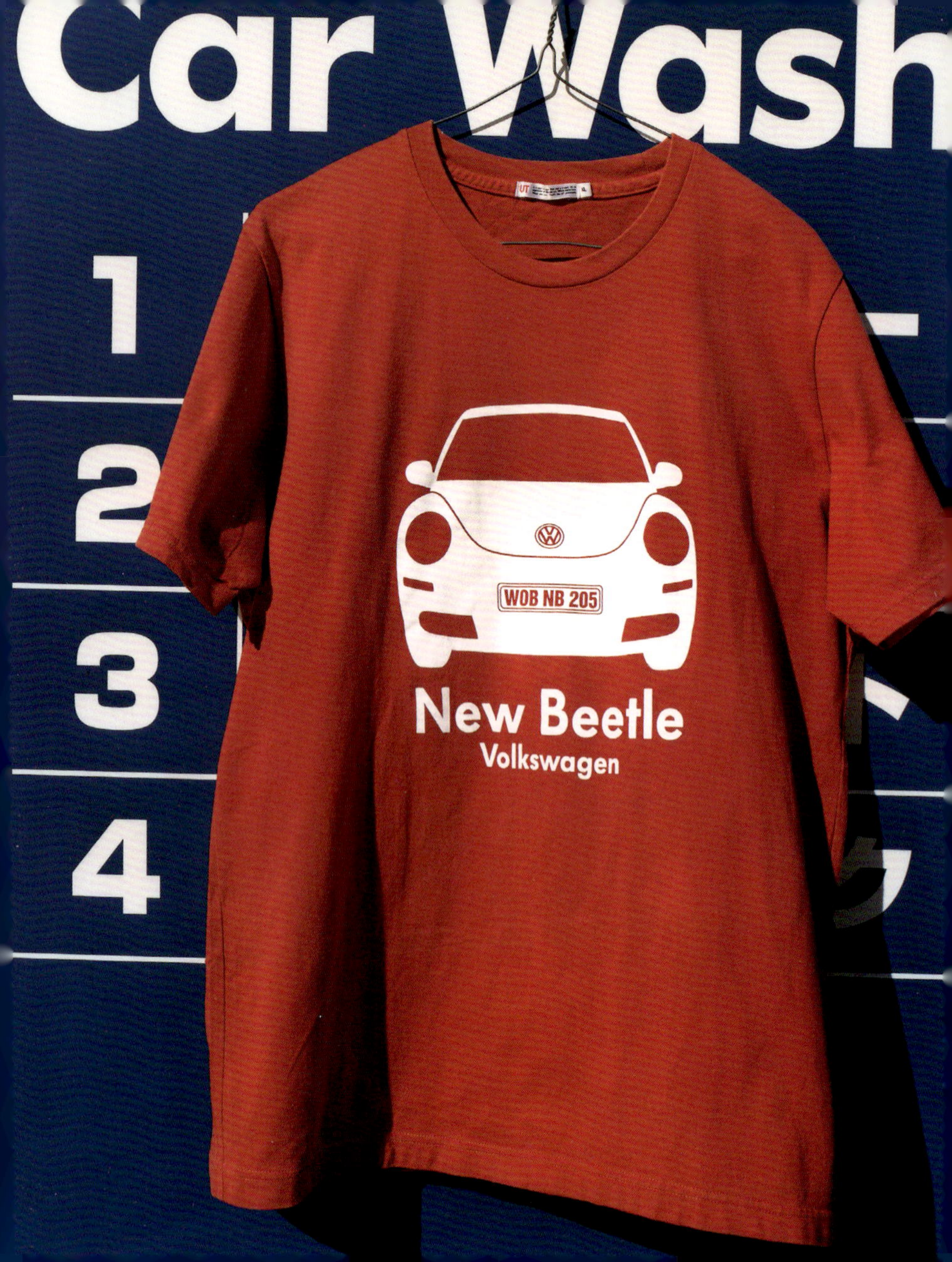
Car Wash
1
2
3
4
WOB NB 205
New Beetle
Volkswagen

大众汽车也许很厉害

T恤的图案虽有许多种，但按类别来看，如果想把汽车相关的T恤穿得好看，对穿衣者的要求意外地高。

像是法拉利或兰博基尼图案的T恤，拘泥于社会常识的成年人肯定很难穿出彩来。除非是像昆汀·塔伦蒂诺[1]那样个性不凡的人。总之，一般人如果穿上这种风格的T恤，很容易让人觉得幼稚。

---

[1] 昆汀·塔伦蒂诺（Quentin Tarantino，1963— ），美国导演、编剧。后文中提到的《好莱坞往事》于2019年上映，为其自编自导的一部剧情片。

还有，即使不提那种真正意义上的"豪华跑车"，就说奔驰、宝马、保时捷这类高级车的 T 恤，若是不在穿着上下一番苦功，也很容易闹出冷笑话来。就好像点菜时说："来一份高级鳗鱼饭，再上个烤鳗鱼内脏！"给人一种打肿脸充胖子的感觉，还是不穿为妙。

话虽如此，若是换成铃木哈斯勒[1]、丰田普锐斯[2]这类汽车的 T 恤，我恐怕同样提不起兴致。至少现在我是这么觉得的。不过，因为没见过这类 T 恤的实物，我也不敢百分之百肯定自己不会穿。但多半是不会的。

这样抱着胳膊认真仔细地想了一圈，最后无论如何也会得出一个结论："大众这样的也许正合适⋯⋯"大众汽车的 T 恤轻轻松松地就填入了那个合适的位置，严丝合缝。

比如这件红色的"New Beetle"（新甲壳虫）[3]，这种成熟

---

[1] 哈斯勒（Hustler），铃木汽车旗下的微型车，主打省油和空间利用率。
[2] 普锐斯（Prius），丰田汽车旗下油电混合动力的开创者，着重燃油经济性。
[3] New Beetle（新甲壳虫），大众汽车旗下的一款主打时尚风格的紧凑型轿车。

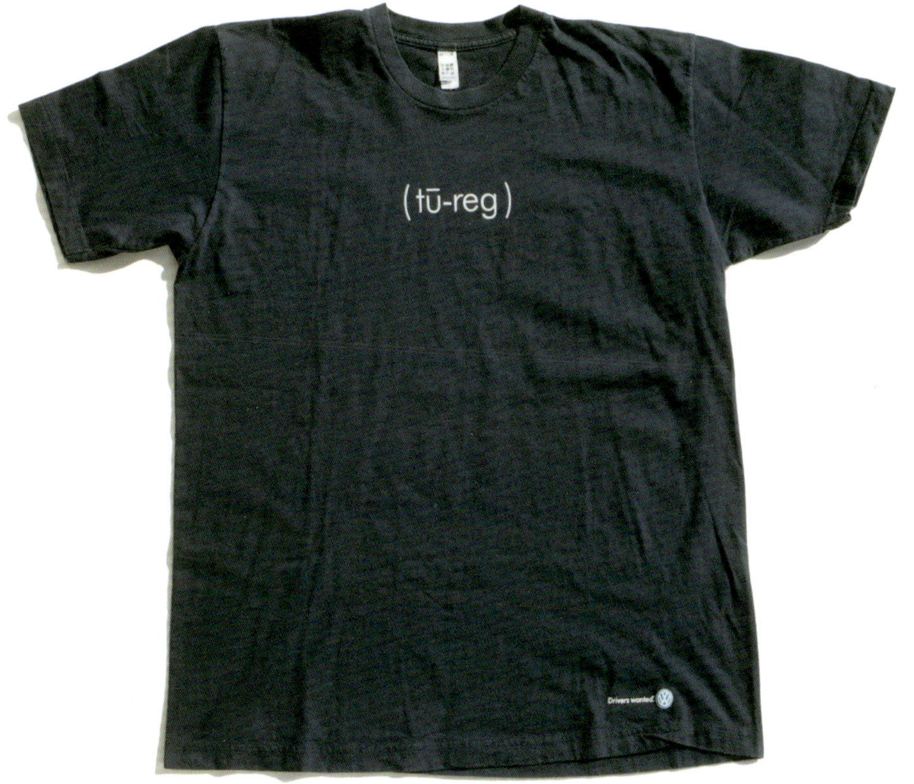

T

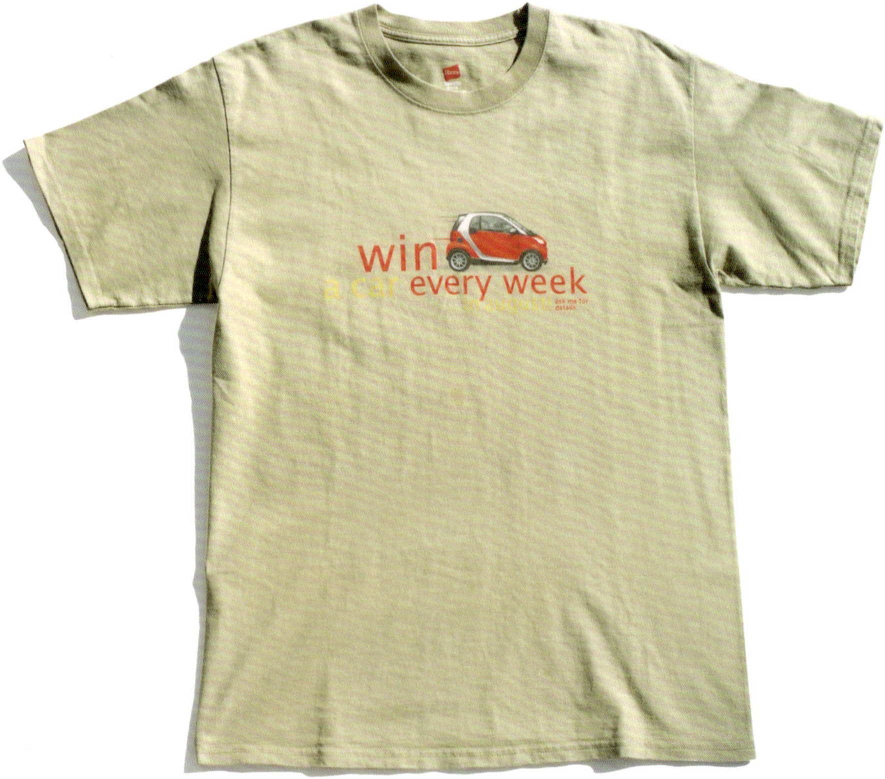

T

(36)

的风格就很好。穿到大街上不会觉得丢人，也不会让人觉得故意要威风。甲壳虫——它毫无疑问是中产阶级的标志，没有穷酸气，还无声地传递出一种类似于生活方式的东西。

同样是大众汽车旗下，我还有一件 SUV "(tū-reg)"（途锐）[1]的 T 恤。这件也是简单地印了一行文字——还是音标——给人以低调的好感。虽然这款车跟保时捷"卡宴"是同一平台，却完全没有奢华的感觉（或者说不露锋芒），不免让人心生好感……这些暂且不论，单看 T 恤的设计，大众汽车还是很给力的。车的前景我不敢乱说，希望大众至少在 T 恤领域继续努力。我会默默支持你们的。

"精灵[2]"这款 T 恤的图案也相当不错，很适合日常穿着。

---

[1] 途锐（Touareg），大众汽车生产的旗舰型 SUV，其品牌名源于撒哈拉沙漠周边地带的一个民族。

[2] 精灵（Smart），奔驰汽车与瑞士手表品牌斯沃琪合作制造的轻巧时尚车型。

T

㊲

72

不过那句"八月抽奖,每周送一辆车"是怎么回事,我就不太清楚了。

再来看看英国车"谢尔比眼镜蛇[1]"的 T 恤。这一件嘛,气质相当微妙呢。会穿出什么感觉,完全没有定论。如果套在 CDG[2] 的大衣里面,带点痞气地穿出去,效果也还不错……

---

[1] 谢尔比眼镜蛇(Shelby Cobra),卡罗尔·谢尔比(Carrol Hall Shelby)联合英国 AC 汽车制造公司及福特公司制造的高性能运动车型。
[2] CDG(Comme des Garcons),1969 年由川久保玲设计的日本高端服装品牌。

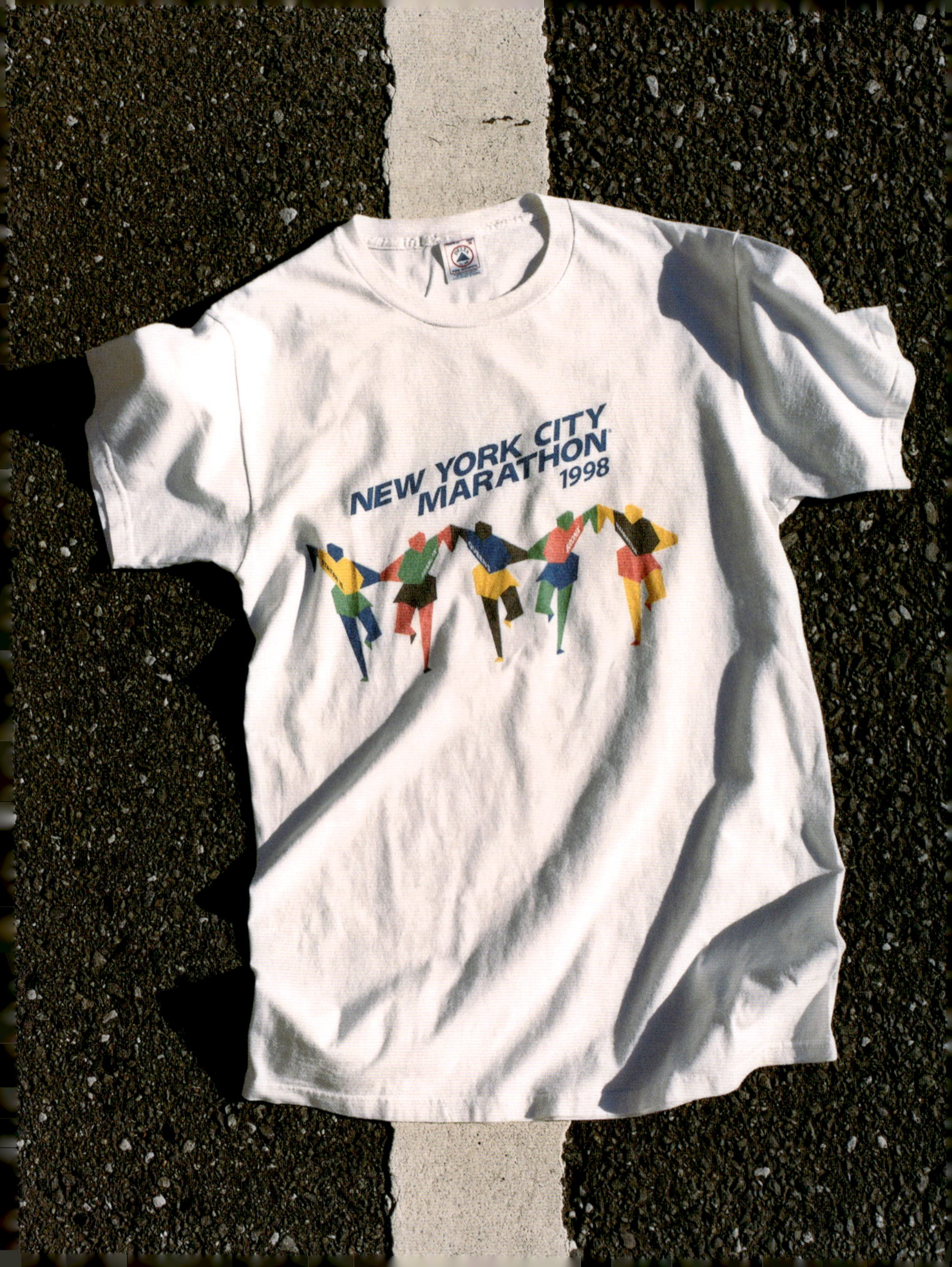
NEW YORK CITY
MARATHON
1998

冰啤酒总是让人情不自禁

成为职业小说家后不久,我便开始跑步。每天坐在桌子前面工作,很容易缺乏运动,我想着"必须运动才行",下定决心,就在家附近跑了起来。随后渐渐彻底爱上了跑步,并且积极参加比赛。从那以后,每年至少要跑完一次全马,已经坚持了将近四十年。

我不光参加全马,也参加半马和十千米左右的长跑比赛,还跑过一百千米的超级马拉松,时不时还会参加铁人三项,所

'98 TRIATHLON ASIAN CUP
MURAKAMI
ITU INTERNATIONAL TRIATHLON
ASTC
NTT
TRIATHLON
JAPAN CUP

T

(39)

以拿到的完赛T恤当然堆成了小山。它们姑且算是纪念品，于是我全都放进纸箱中保存，但这些衣服平日里肯定不会穿，一直收着它们也挺占地方……对吧。

我从这座T恤的小山中，随意选出了四件。

一九九八年的纽约城市马拉松（NYCM）T恤。之所以绘着五位跑者手拉着手奔跑的图案，是因为NYCM的路线要经过纽约的五个大区（自治区）。这条路线途经只有正统犹太教徒居住的地方、只有巴西人居住的地方，还有大部分居民都是非洲人的地方。这些区域平时是很难吸引人们目光的，能用自己的双腿跑过，真的很有意思，会是一次很棒的体验。要想真正认识纽约这座巨型城市，参加这项比赛是必不可少的功课——以上是我微不足道的个人意见。

但这项比赛对跑者来说却颇具挑战性，因为途中必须经过好几座大桥。吊桥的中间部分高高隆起，跑上跑下相当消耗能量。最后的中央公园坡道也非常多，总之是跑得人精疲力竭。虽说如此，我的最佳速度正是在一九九一年的NYCM中跑出来的。

一九九八年，我还参加了村上铁人三项。那时候我的身体可真棒。穿着这件T恤去国外，有人问我："村上先生，您还是铁人三项大赛的主办人吗？"自然没这回事。那是新潟县村上市举办的铁人三项比赛，我不过是参赛而已，和大赛的主办方也没有亲缘关系。我挺喜欢这项赛事的，至今为止参加过五六次。按大赛的风俗，比赛结束后，大家还会用当地的名酒缔张鹤干杯庆贺。

二〇〇六年的波士顿马拉松T恤。波士顿马拉松是我最喜欢的全马比赛。沿途的风景美不胜收，观赛者的应援也声势浩大。在我参加的比赛中，波士顿马拉松最能让人感受到传统文化的重量。我喜欢在跑完全程后，到一家名叫"合法海鲜[1]"的餐厅，吃当地特产的贝类"小圆蛤"，喝山姆·亚当斯生啤。

---

[1] 合法海鲜（Legal See Foods），其广告文案是：如果不新鲜，就不合法（If it isn't fresh, it isn't Legal）。

T
㊶

每次比赛接近尾声时,我都一面想着这些美味,一面竭尽全力地跑啊跑。冰啤酒总是让人情不自禁啊。

每年在夏威夷欧湖岛举办的阿罗哈长途路跑赛很受当地人欢迎。从阿罗哈塔起跑,终点设在阿罗哈体育馆,参赛者须跑完约十三千米的赛程。虽然二〇〇六年路易·威登做了比赛的赞助商,但并不是参加比赛就能拿到路易·威登的T恤,只是在一件普通T恤上印有"LOUIS VUITTON"的字样罢了。不过,假如带着"看啊,我穿的可是路易·威登"的表情,穿着这件T恤走在街上,一定也很开心……我猜的。

PROPERTY OF
POWELL'S
BOOKS
EST. 1971
LITERATURE DEPT.
POWELLS.COM
SHIZEN
GIRL
FRIEND
BOY
FRIEND
ICHARD
KERN
CASSO'S
CHEN
TOILE
PURPLE

来本书怎么样?

人们都说"读书之秋",但若能在夏日午后的凉爽树荫下悠闲地沉醉于书中也很不错。总不至于只有秋天才是读书天。读书的人无论窗外下雪还是蝉鸣都会读书,就算警察叫他"别读了",他也照样会读(请参考《华氏451》[1]);而不读书的人无论发生什么都不会拿起书本。所以说,季节之类的并没有那么重要。

---

[1]《华氏451》,美国科幻作家雷·布拉德伯里的代表作。故事发生在一个压制思想自由的世界里,小说主人公的主要工作便是焚书。

总而言之，这一次我找出了和读书有关的T恤。这一类T恤我家里有的是，这次就只选其中的一小部分。

照片中显得最大的那件（T㊷），是美国俄勒冈州波特兰有名的鲍威尔书店的T恤。我也去过那儿一次，无论从书店氛围，还是从丰富且有眼光的选品来看，这都是一家非常完美的独立书店。整座建筑像大仓库一样粗犷，轻轻松松就能在里面度过一整天时间。我家附近要是有这样一家书店就好了。

那一次，我在店里挑了几本看着挺有意思的书，抱着它们去付钱。没想到收银台的女店员问我："莫非您就是村上？"我回答："是的。"她说："那真是太棒了。"当场让我在好几十本书上签了名，简直像即时签名大会一样，太狼狈了。这件T恤好像是那次店里送给我的礼物。哎，如果真能帮上书店一点忙，也算值了。

不过说起来，我以前没少在新宿的纪伊国屋书店打发时间，但店员和收银员一次也没有将我叫住。这是为什么呢？（当然，

我对此表示十分感激。）

下一件是"AHS 文艺俱乐部"的 T 恤。衣服是我花两美元从古着店买回来的，所以我完全不知道这个读书俱乐部（应该是吧）到底是什么来头。不过既然衣服上写着"才不害怕大灰狼"，画着扑克牌士兵和三头小猪，还有一只拿着花的大灰狼，恐怕是和童书有关。这件 T 恤设计得很漂亮，我个人很喜欢。这只大灰狼看上去不像坏人，但可能只是看上去而已，毕竟是大灰狼，还是小心为上。

接下来是火奴鲁鲁图书馆一年一度的图书折扣活动 T 恤。很多美国的图书馆每年都会卖掉一批不需要的书，这类展销会上的书价格低廉，而且能淘到许多有趣的书，每个爱书之人都无法抵挡它的魅力。我也一样，只要有机会一定会去逛逛。这件 T 恤好像是在会场帮忙卖书的志愿者发给我的。

"GOT BOOKS？"来本书怎么样？想必大家每天都很忙，但还是尽可能地抽出时间，孜孜不倦地阅读吧。没有人买书，

上 | 正面
下 | 反面

作家就无法维持生计。这件T恤也是在火奴鲁鲁的旧货店买的。

最后这件是西雅图有名的独立书店"艾略特湾公司[1]"的T恤。我曾经在这里办过朗诵会，是一家很赞的店。

---

[1] 艾略特湾公司（The Elliott Bay Book Company），创立于1973年，是西雅图历史最为悠久的独立书店。

THE ELLIOTT BAY BOOK COMPANY
ELLIOTT BAY CAFE
First & Main in Pioneer Square
Seattle, WA 98104 (206) 624-6600

T

(45)

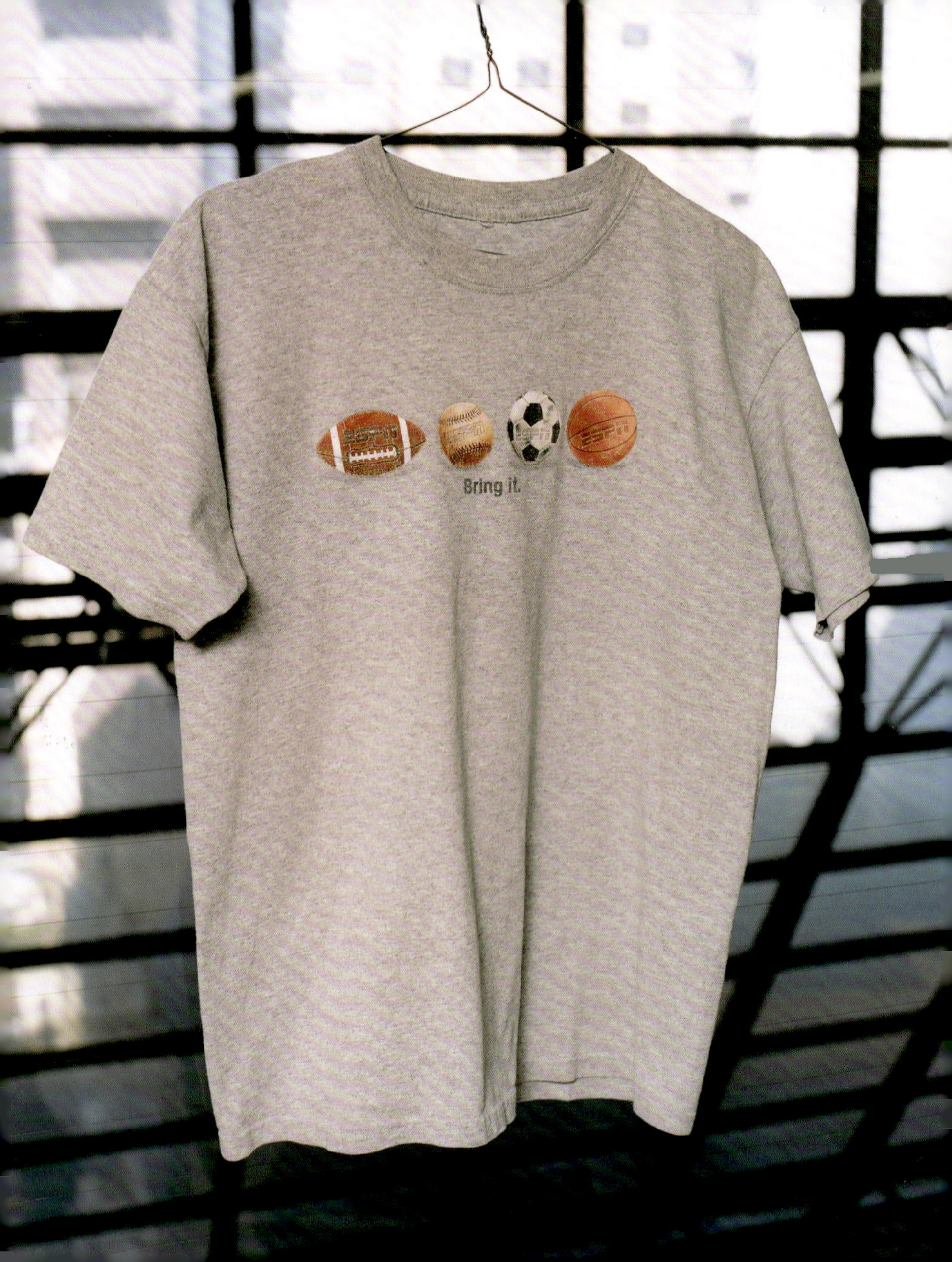
Bring it.

街上的三明治人

在我小的时候,有一种职业叫作"三明治人",他们的工作就是在身子的前后两面挂上巨大的招牌,沿着城镇的街道走来走去。如果打个比方,就像行走的广告牌。二十世纪五十年代,电视的普及程度还不高,当然也没有社交网络之类的东西,在那个年代,整个世界的媒体还寥寥无几。当时好像还流行过一首歌,唱的是什么"咱是街上的三明治人"。颇有些遗憾的是,进入六十年代,随着电视的普及,三明治人这一职业也在不知不觉间从世上消失了。

T

如今这个年代，若说有什么东西完整继承了三明治人的精神，恐怕就是推广 T 恤了。企业在 T 恤上印下自家的商标或信息，发给人们，人们穿着 T 恤走上大街。对企业来说，这相当于免费给自己做了宣传。T 恤这东西不仅可以批量生产，而且价格低廉，不妨将其制作费用视为一笔廉价的广告支出。

因此，如今的大街上处处可见"免费的三明治人"。

显得很大的那件灰色的 T 恤（T㊻），是美国体育频道 ESPN 的宣传 T 恤。衣服上画着美国的王牌体育项目：橄榄球、棒球、足球、篮球，一目了然，相当不错。这里面我最喜欢的是棒球，加油啊养乐多燕子队！（跑题了。）

红色 T 恤是英国经济杂志《经济学家》出的。杂志名的标志下面写着"Think responsibly"（负责任地思考）。这句话非常英国，或者说，很有品位。不过在一件 T 恤上讨论这么难的问题，似乎大可不必。

茶褐色这件是谷歌的 T 恤。印了一排图标，下面写着"Google Analytics"（谷歌分析）。我对这类东西知之甚少（二手唱片店的话题倒是熟悉得多），谷歌分析指的应该是谷歌提供的数据分析工具吧。网上对它的功能做出了说明："能预测分析算法，内置统计分析功能，并能活用 Adobe Sensei[1] 的机器学习。"不过我根本看不懂这句话的意思。尽管一头雾水，T 恤我还是照穿不误。T 恤又没有错。

接下来是"OLYMPUS"（奥林巴斯）。这件衣服也是在美国的二手店买的，大概花了两美元。它的背面就印着该公司生产的录音笔的详细图案。这些老牌制造商的T恤就好懂得多，咱穿上似乎也放心多了。

所以，咱，不，我也经常当三明治人。你呢？

---

[1] Adobe Sensei，应用于奥多比系统公司旗下各款产品的底层人工智能工具。

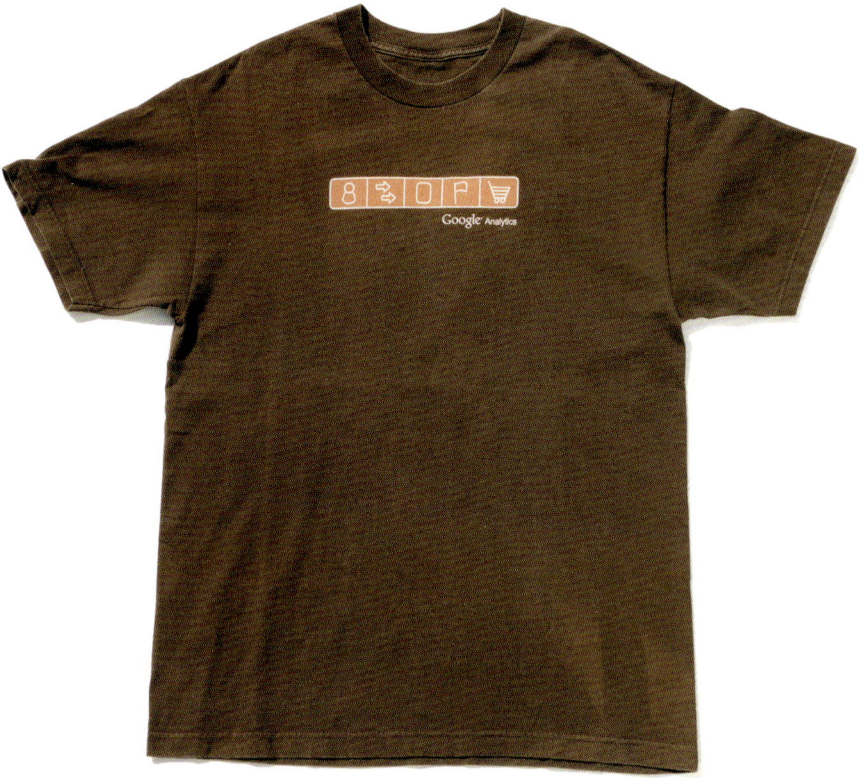

T

48

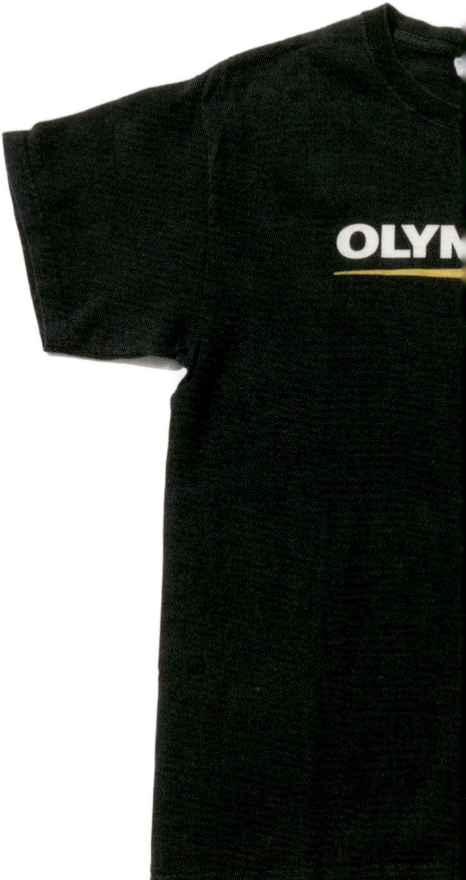
OLYM

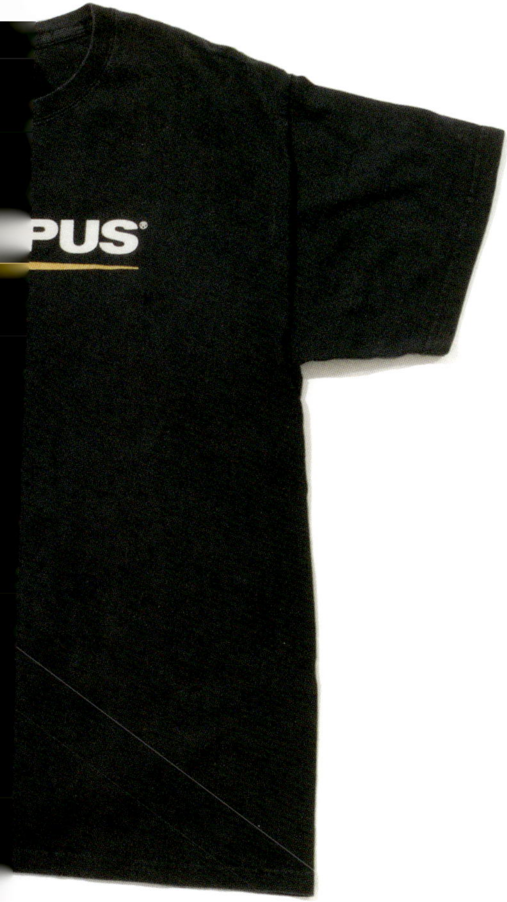

T

(49)

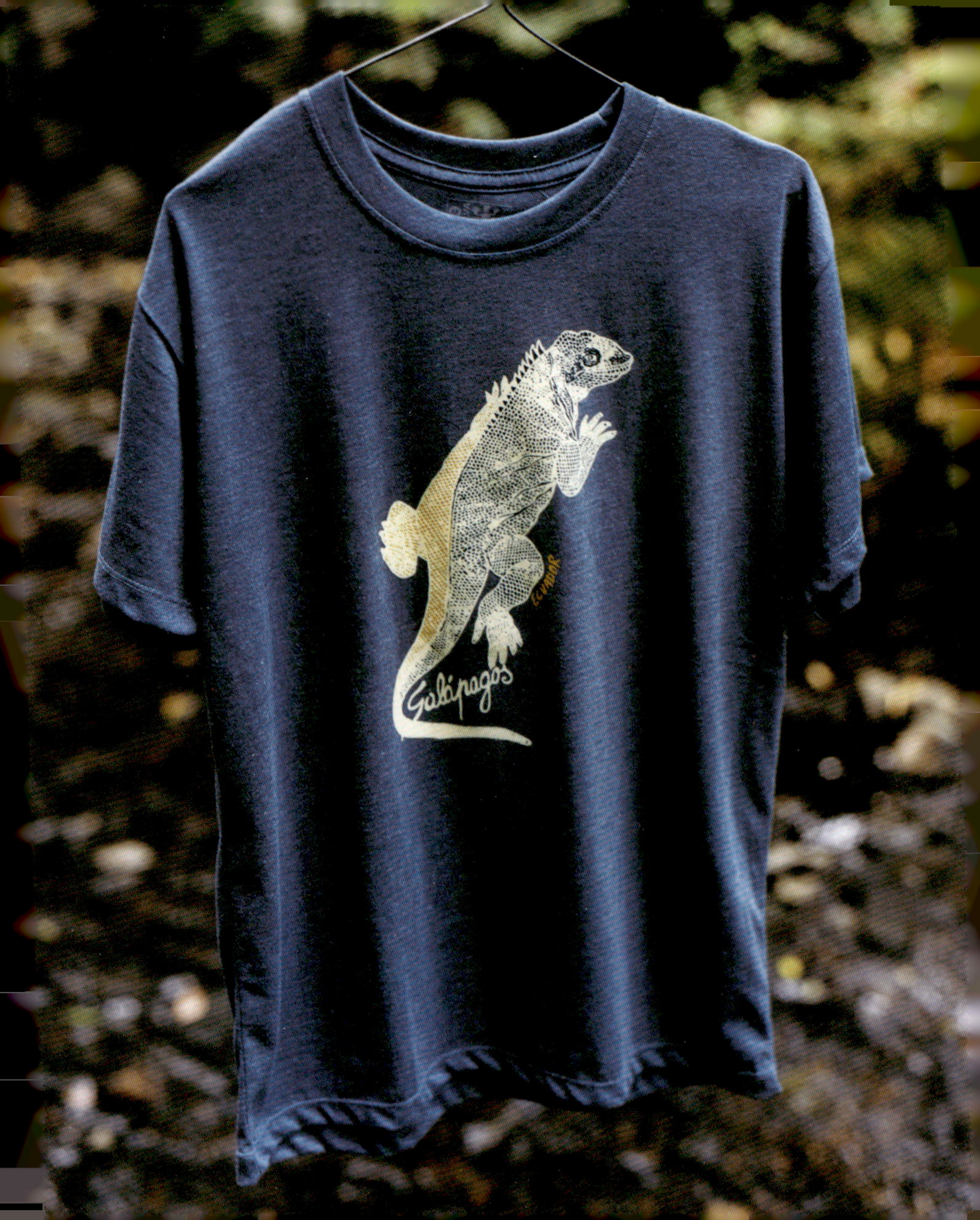
Galápagos
ECUADOR

蜥蜴与乌龟

我对蜥蜴没有什么特别的好感,但最近收拾抽屉里的T恤,不知怎的竟接二连三地出现了几件蜥蜴图案的,这次决定罗列来看看。多出一张照片的位置,就顺手拍了件乌龟图案的T恤,但不过是顺手一拍,并不代表我认为乌龟和蜥蜴是好朋友。

虽说都是蜥蜴,但三条T恤上的蜥蜴种类各不相同。上一页照片里的是科隆群岛的美洲鬣蜥,101页照片里的是夏威夷的壁虎,和《月光假面》没有关系……不过"月光假面"这个梗大概没人能懂吧[1]。咳,算了。还有一只是什么品种的?我不太清楚。我对蜥蜴的了解不多。

去墨尔本动物园的时候,园方让我摸了摸澳大利亚巨蜥。"不用怕,它不会咬人的,摸一摸吧。"饲养员热情地对我说。我虽然没什么兴致,也不好驳了人家的一番好意,就摸了摸蜥蜴的头。像摸小猫的头一样。这种身上有鳞片的蜥蜴只有澳大利亚才有,极为珍贵,皮肤干燥坚硬、富有弹性,手感很特别。

对喜欢蜥蜴的人来说,摸到澳大利亚巨蜥一定是一次非常宝贵的体验,可我对蜥蜴并没多少兴趣,于是一面无奈地摸着蜥蜴的头,一面在心里想:"如果一定要摸,我宁可去摸猫的脑袋。"蜥蜴似乎也一副"唉,没办法嘛"的样子,耐着性子让我摸完。

---

[1] 日本电视台于1958年至1959年面向大众播放了一档名为《月光假面》的特摄节目,是日本英雄特摄节目的鼻祖。英文的"壁虎"(Gekko)和日语"月光"(Gekko)发音相似。

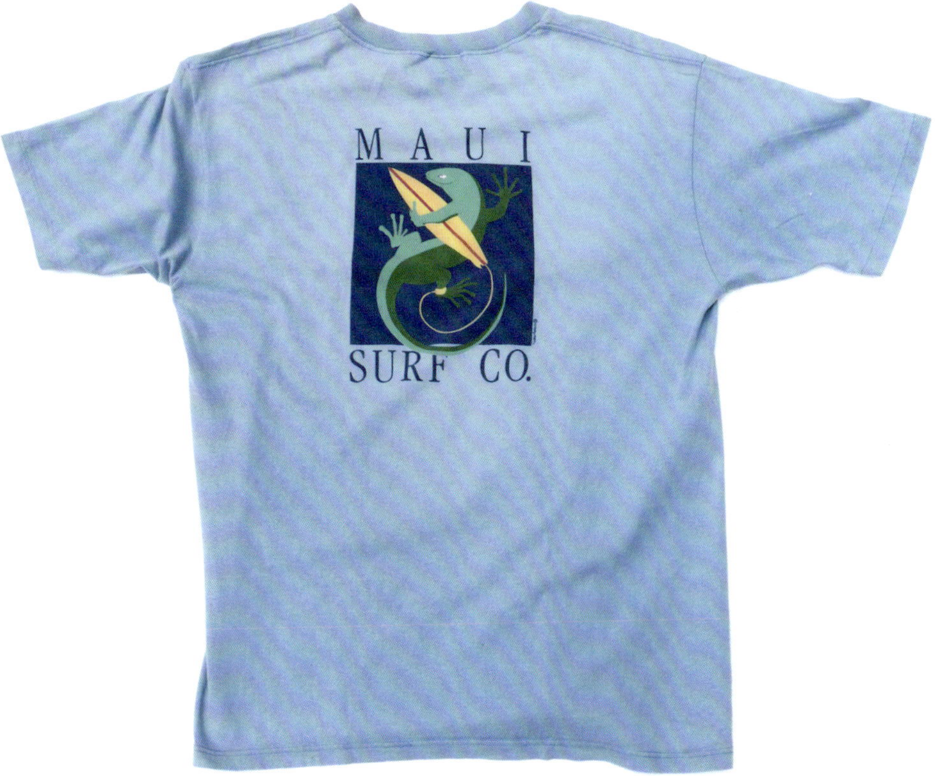
MAUI
SURF CO.

T

我曾去过一次科隆群岛。在岛上，无论走到哪里都能见到游手好闲的美洲鬣蜥。所以一开始见到它们还很感动："哦！是美洲鬣蜥！"渐渐就开始觉得"什么嘛，怎么又是美洲鬣蜥！"如果换成熊猫之类的，估计也是一样。假如到处都是，我估计也会想："哎呀，怎么又是熊猫！"

科隆群岛有一种稀有的美洲鬣蜥，能潜入海水中吃海藻。听说这些家伙可以持续一小时不呼吸，通过降低体温、停止血液流动等方式，滞留于大海。美洲鬣蜥是草食性动物，但它们之中的一部分曾经在没有植物的岛上生存，于是进化出了这种能力。达尔文对这种"海洋美洲鬣蜥"的研究，成了支撑其"进化论"的例证之一。

证明这些家伙能在海中潜水一小时的人也是达尔文。他将美洲鬣蜥泡在水中，每次增加十分钟的浸泡时间。时长增加到七十分钟的时候，蜥蜴死了，于是达尔文得出"哦，看来它们能潜水六十分钟"的结论。但想一想，那条在水里泡了七十分钟的美洲鬣蜥就太可怜了。科学难免有不人道的一面。

T
㊼

因此，我从科隆群岛机场的特产店买了这件美洲鬣蜥 T 恤，为了纪念被达尔文泡在水里七十分钟而溺死的美洲鬣蜥。

プリンストン大学

Princeton University
East Asian Studies
Japanese Program

大学T恤

最近常听说"反社会势力"这个词,是什么人从什么时候开始用的呢?如果黑社会的人吓唬我一句:"老子是黑社会的!"我肯定会吓一哆嗦。不过,假如有人对我说"我是反社会势力的一员",我反而搞不懂对方到底想说什么,大概只能用一句"哦,这样啊"来结束对话了。或许创造这个词的人就是故意想打造这种效果吧。

那么"反社会势力"的反义词又是什么呢?我想了很久,

迟迟没有想出合适的。可能是"亲社会势力"之类的吧。可当这些赞许社会现状的人聚集在一起,成为一种固定下来的势力之后,难免也会出现一定的问题。还是黑社会那帮人……这种话我当然不会说出口。

好了,这些事放到一边去,这次要写的是印有大学校名的T恤。

尺寸最大的那张照片(T㊾),是普林斯顿大学日语系做的T恤。我在普林斯顿大学任教两年半左右,当时学校送给我一件——"村上老师,请。"不过,我其实没什么机会穿它。衣服设计得不错,但打扮时如果不多用点心,是没法穿着这样的T恤上街的吧。不过我有把它作为纪念,仔细地收好。

下一件是耶鲁大学二〇一六年毕业典礼的纪念T恤。这一年我也受邀参加毕业典礼,获得了名誉博士学位。很厉害吧?可是即便取得了名誉博士学位,也没有什么好得不得了的事发生。没给奖金,也没有特别恩典之类的殊荣。我只拿到了

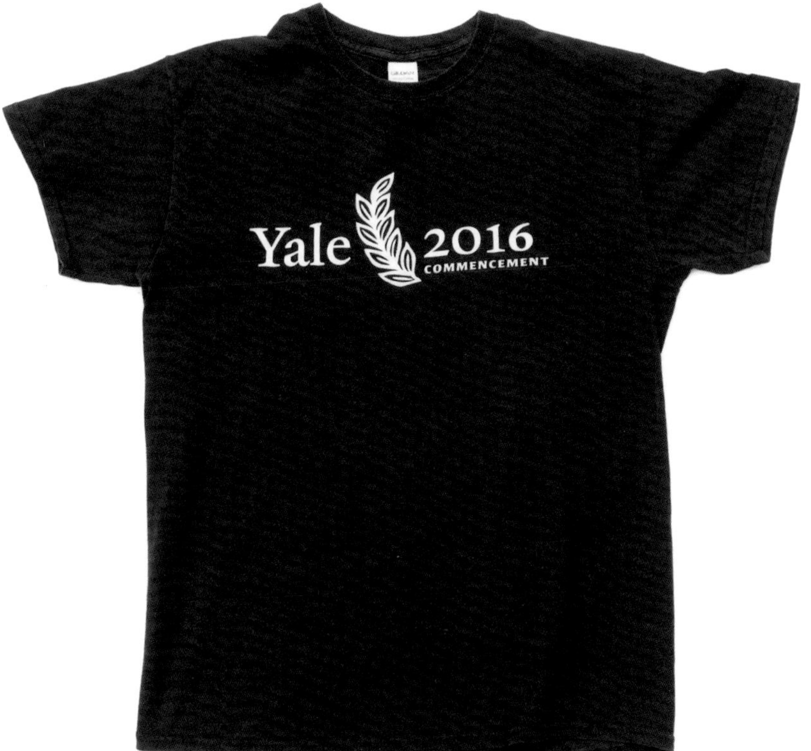

T

55

anvil
HARVARD
FOR JAPAN
A cross-Harvard alliance for the 2011 Tōhoku Earthquake and Tsunami Relief

T

(56)

一张轻飘飘的证书。

不过一般来说,和一批人一起取得名誉博士学位的时候,有可能遇到很有趣的人。在耶鲁大学这一次,坐在我旁边的人是潘尼斯之家[1]的主厨、传奇料理人爱丽丝·沃特斯[2],我听她讲了许多有意思的事。在普林斯顿大学取得名誉博士学位的那一次,坐在我旁边的是昆西·琼斯[3],毕业典礼上,我们一直在聊爵士乐。琼斯自豪地对我说:"我是松田圣子[4]专辑的制作人呢。"明明有的是更值得他自豪的事。

然后是哈佛大学在东日本大地震的时候制作的赈灾 T 恤。下面的小字大家可能看不清楚,写的是"A cross-Harvard

---

[1] 潘尼斯之家(Chez Panisse),位于美国加利福尼亚州伯克利市的一间餐厅,1971年开始营业。使用当地生产的有机栽培作物作为食材,创作的"加利福尼亚料理"很有特色。

[2] 爱丽丝·沃特斯(Alice Waters,1944—),美国厨师、餐厅经营者、作家。潘尼斯之家餐厅的创始人,加利福尼亚料理的先驱者。

[3] 昆西·琼斯(Quincy Jones,1933—),美国音乐制作人、电视制作人。其职业生涯横跨 5 个年代,创纪录地获得 79 个格莱美奖提名并 27 次获奖。

[4] 松田圣子(1962—),日本女歌手、演员,被誉为"永远的偶像"。曾在日本乐坛创下女歌手连续 24 张单曲销量排行榜冠军,并保持该纪录长达 23 年。

alliance for the 2011 Tohoku Earthquake and Tsunami Relief",也就是"救助东日本大地震的哈佛校际联盟"。一般来说，美国的大学面对社会问题时一贯采取兼收并蓄的态度，这种联盟组织的活动全都自发开展，响应十分迅速。希望日本的大学也学习一下。这类"亲社会势力"毫无疑问是受人欢迎的。

还有这件冰岛大学的T恤。我参加雷克雅未克的文学节时，来这所大学演讲过。冰岛的总人口只有大约三十五万，据说其中有一万人是这座大学的学生，用人口比例来计算则相当惊人。冰岛是个很有意思的国家。我在冰岛还看到了极光，很想再去一次。

HÁSKÓLI ÍSLANDS
SIGILLUM UNIVERSITATIS ISLANDIAE
REYKJAVÍK

T

57

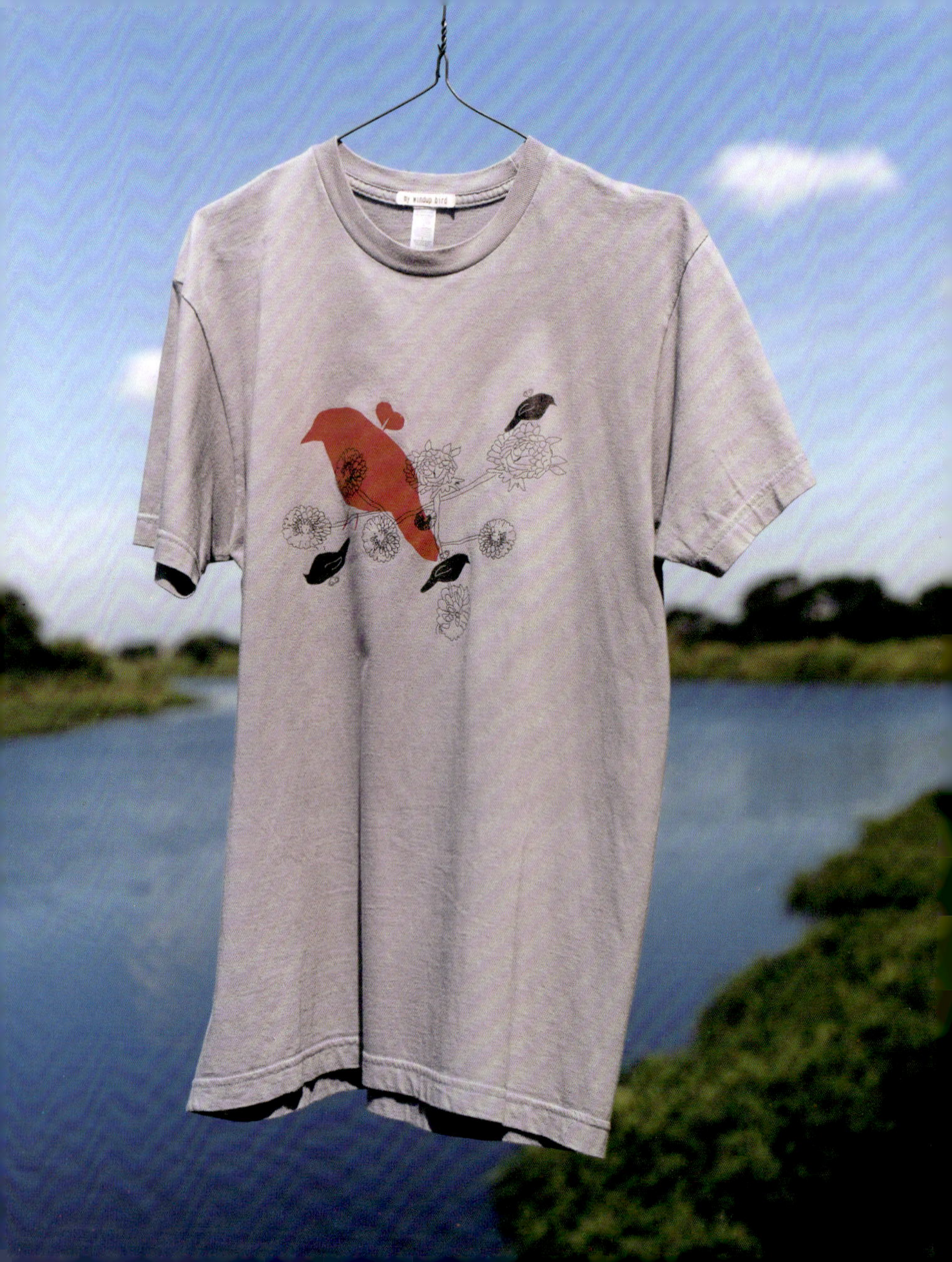
my windup bird

飞行

我很喜欢游泳,而且是漫无目的地长时间游泳。因为以前参加过铁人三项比赛,所以锻炼时我经常随着自己的心意,用自由泳姿游上一千五百米左右。虽说和所谓的"跑者兴奋[1]"不尽相同,但游泳也有一个兴奋点,游到一定时长之后,自我感觉会越来越好,会不自觉地想唱歌(我常唱的是《黄色潜水艇》,边吐泡泡边唱)。每当这时我就觉得,游泳给人带来的好

---

[1] 跑者兴奋,指运动员在长时间奔跑后,大脑大量分泌多巴胺,使身心达到兴奋的状态。

心情，仅次于在天上飞。

但当我把自己的想法说给别人听时，大部分人都会反问我："村上先生在天上飞过吗？"哎哟，如此说来，我还真没在天上飞过……但我总会不自觉地产生那种想象。恐怕会被鸟儿笑话吧。

总之，这一次是鸟主题的T恤合集。我并未有意识地收集鸟的T恤，但不知不觉间也集了几件。

主题照片是美国读者送给我的"拧发条鸟T恤"。很帅气吧。这位读者读了《奇鸟行状录》，从故事中得到灵感，于是做了这么一件T恤。相当有设计感。直接做成商品应该也不成问题。我很中意这一件，平时经常穿在身上。

茶褐色那件画的（大概）是鲣鸟。上次去科隆群岛的时候，在那边看到了一大群蠢蠢欲动的鲣鸟。这话说得似乎有些失礼，可我不禁觉得：一下子看见这么一大群鲣鸟，就跟在代代木公园看鸽子没什么区别了。

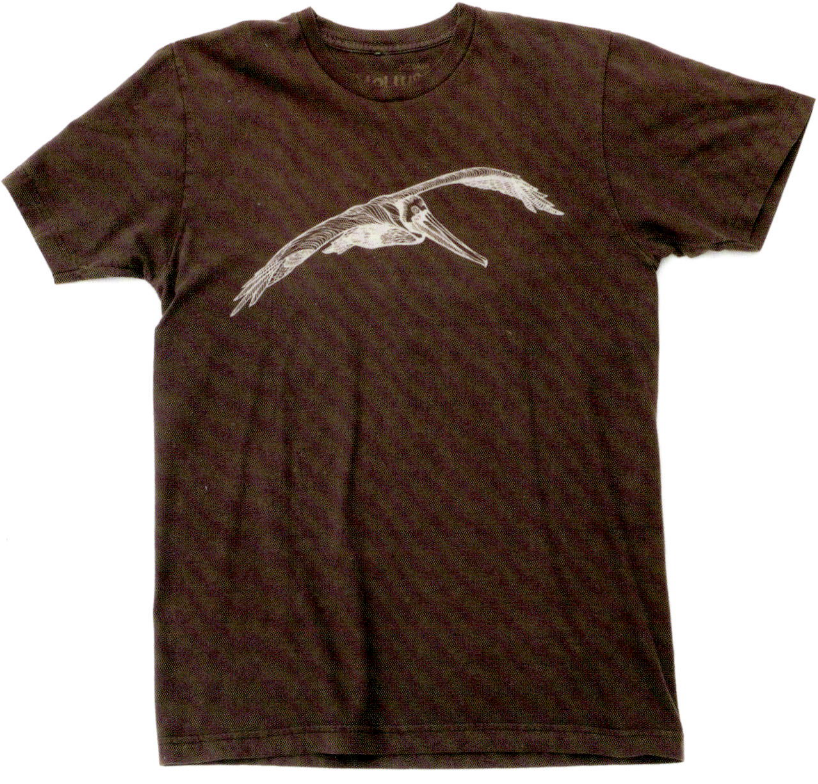

T

59

T

绿色那件画的（大概）是乌鸦。至今为止，乌鸦折腾过我好几次。早上跑步的时候，我经常遭遇乌鸦的攻击，特别是穿过青山墓地那段路的时候，它们会擦着我的肩膀低空飞过，向我示威；或者用爪子抓我的脑袋。这不禁令我有些沮丧：我不记得自己对乌鸦做过什么恶事，也从没想过要怎么危害它们，它们凭什么对我这么过分呢？不过，乌鸦说不定有乌鸦的理由吧。也可能是某个文艺评论家转世成了凶残的乌鸦，专门来作弄我呢……当然，这是玩笑话罢了。

最后这件画的（大概）是海鸥。我对鸟类了解不多，只能写上"大概"，万分抱歉。我在希腊的一座岛上居住的时候，遇到过一只非常亲人的海鸥。它愿意和人玩，但偶尔会用喙啄人的手。被啄一下子很疼，所以最好还是不要和海鸥玩，它们太凶残了。

这件 T 恤上印着"EAST DOCK BAR N GRILL"（东码头酒

T

吧烤肉），这家店怎么样呢？我不知道它开在哪里，有点想去瞧瞧。

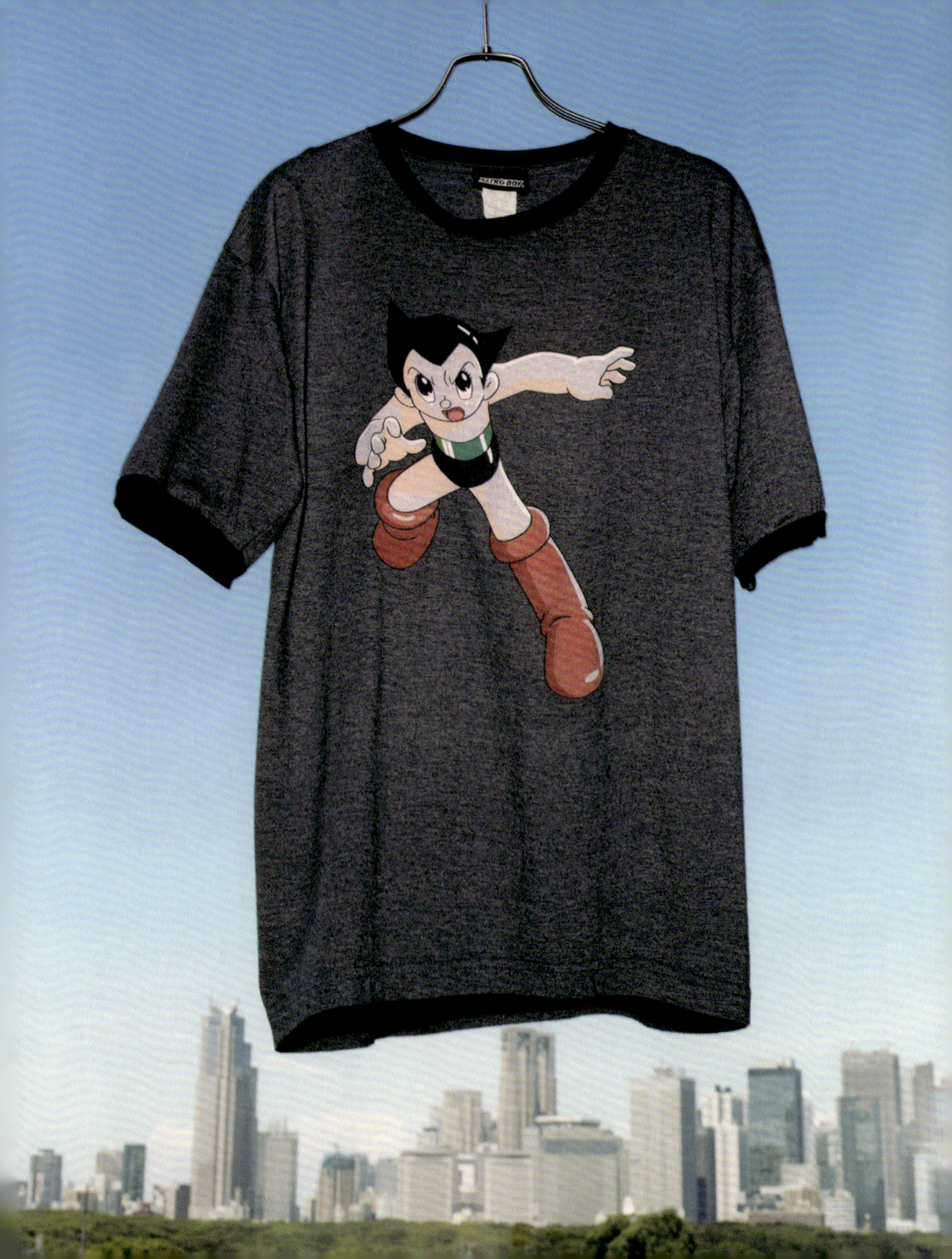
ASTRO BOY

超级英雄

最近想去看电影,但我家附近的影院放的都是漫威的原作改编的影片,其中不乏我个人难以理解的片子。不过既然片方如此孜孜不倦地拍摄,一拍就是一个系列,说明这类影片的需求还是很大的。这个世上的人们如此迫切地需要超级英雄吗?

我还是个少年的时候——那已经是很久以前的事了——常在电视里看"超人"和"蝙蝠侠"。"蝙蝠侠"的制作尤其彰显制作方的好玩之心。配动作音的时候画面上还会出现

"BAOOOOOM！"的字样，紧跟潮流又不失天真，看一集能收获很多快乐。但最近制作的电影《蝙蝠侠》系列就太现实了，或者说，太灰暗了。刚开始看的时候，我还觉得"这样拍也不错，挺新鲜的"，但越来越审美疲劳，新鲜感也消失了，渐渐就觉得"算了吧"。

铁臂阿童木的 T 恤是在哈佛大学的大学生协会打折时买的。为什么铁臂阿童木的 T 恤会成为哈佛大学生协会的打折商品呢？具体情况我也不清楚。不过它的出现如此意外，反而吸引我为它买单。美国的电视台也播《铁臂阿童木》，叫 *Astro Boy*，很受欢迎。主题曲和日本版一样，只是换了英文歌词演唱（这确实很酷）。但我不太希望有人去拍表现铁臂阿童木阴暗面的真人版电影。不过这类片子说不定已经在拍了，只是我不知道而已……

这个超人的标志，和蝙蝠侠的标志一样很有辨识度，尽人

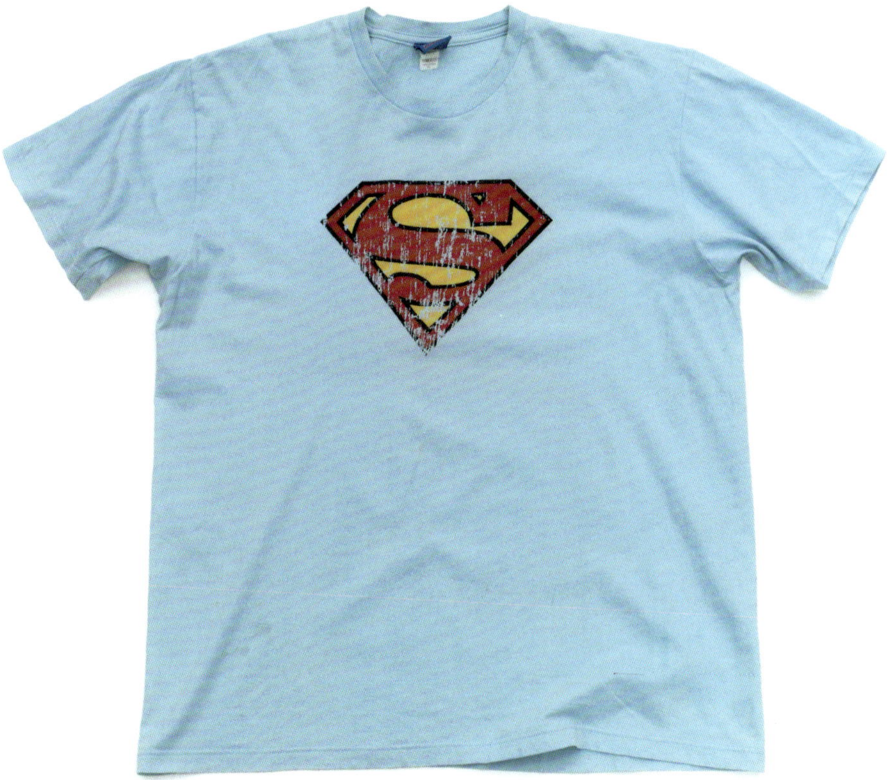

T

皆知。也因为实在太大众化，以至于几乎没有能穿它的场合。

另外一件应该是钢铁侠吧，人物面部做了富有艺术性的加工，处理得扭曲变形，以至于我不太敢认。T恤上有"MARVEL COMIC"（漫威漫画）的标签，我猜一定跟漫威有某种关系。希望了解情况的读者能告诉我。不管怎么说，T恤还是设计得蛮不错的。

最后一件T恤上画着一个我不认识的老头。我是在漫画主题商店买到的，应该是某个漫画里的人物吧。可这老头怎么看也不像英雄，倒像是个反英雄[1]角色，比如诺博士[2]什么的。如果有读者了解相关情况，也望不吝赐教。

不过，整理这些T恤的时候，我忽然意识到：超级英雄类

---

[1] 反英雄，文学影视作品中有反派的缺点，同时具有英雄气质或做出英雄行为的角色。
[2] 诺博士，《007》系列电影《007之诺博士》中登场的一位高智商反派角色。

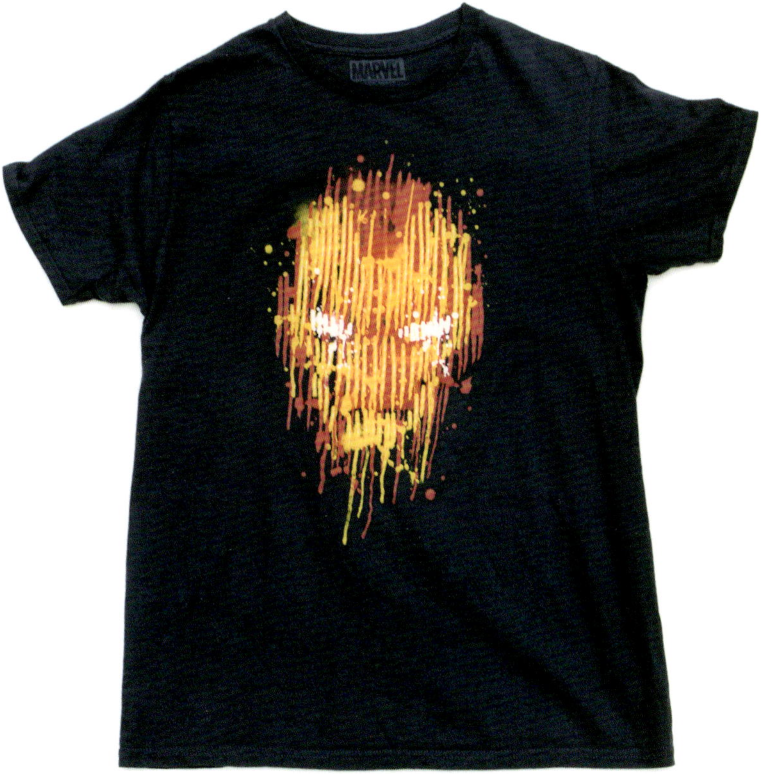

T

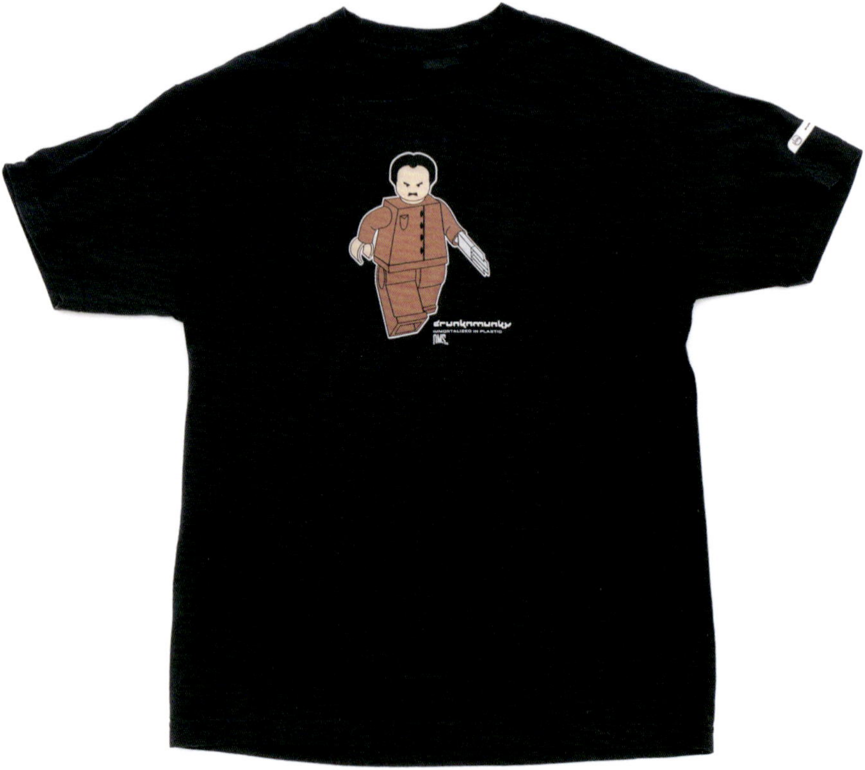

T

(65)

的电影有很多,实际生活中却没有超级英雄。这样的世界或许也不坏。

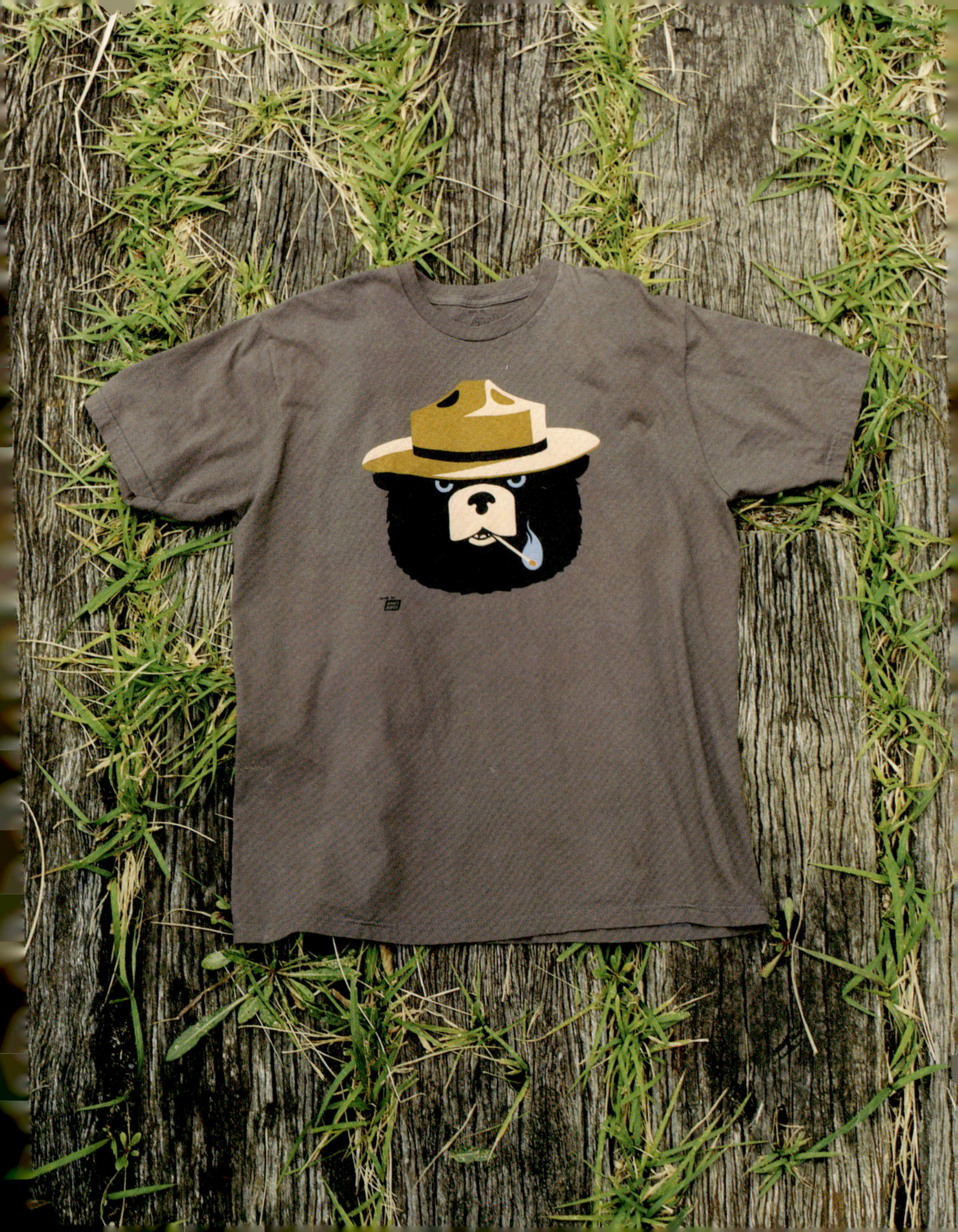

熊主题

最近整理抽屉里的 T 恤，看到了许多件熊图案的 T 恤，于是这次试着总结一期熊主题。我倒不是特别喜欢熊，只不过手边凑巧收集了一些。

最大的那张照片中的 T 恤（T⑥⑥）是有名的"斯莫基熊"的模仿作品。斯莫基熊是美国政府于一九四四年认定的吉祥物形象，用于推进森林防火事业（就像美国版的"酷 MA 萌[1]"）。

---

[1] 酷 MA 萌，日本熊本县官方吉祥物形象。

T
⑥⑦ 132

其标语是:"只有你们才能防范森林火灾!"一九四四年第二次世界大战还未结束,日本曾在战时计划用气球炸弹引发美国西海岸山火。这似乎也为斯莫基熊的出场增加了一部分筹码。也就是说,它原本是一头肩负着善良的社会职责的熊。

不过,这件T恤上的斯莫基熊好像性格不太好。眼神流露出一种若有若无的险恶,还叼着一根点着火的火柴棍,是一头不学好的反社会的斯莫基熊。但不管它怎么样,我们还是尽量避免森林火灾的发生吧。我在澳大利亚开车出行的时候,曾被森林火灾包围过一次,那真是相当恐怖。日本军队的气球炸弹计划最终没能得逞,可最近又出现了无人机之类的玩意儿,这对森林的安全来说,也许是非常现实的威胁。我替森林捏了一把汗,却爱莫能助。

接下来是文图拉冲浪商店[1]的T恤。选用熊做图案,是因

---

[1] 文图拉冲浪商店(Ventura Surf Shop),一家20世纪60年代早期创立于美国加利福尼亚州的冲浪商店,出售订制的冲浪板、相关配件和潜水服。

为熊是加利福尼亚州的标志。我觉得熊和加利福尼亚州似乎并不相配,但总之事实就是这样……也许加利福尼亚州以前也有很多熊吧?熊本县以前也是有熊的吧?这家商店位于文图拉县圣巴巴拉附近的一片高级住宅区中,它同时也是冲浪板的生产商。T恤上印的字是:"Life's better in Ventura"(文图拉的生活更美好)。我还没去过这个地方,但看过介绍报道,文图拉一年四季气候温暖,少雨,沙滩很美,听起来很不错。不过去了那里之后,人生是否真能变得更好,我就不太清楚了。

下一件也是加利福尼亚一家冲浪商店的T恤,店名叫"Bear Surfboards"(熊冲浪板)。只不过这是一家虚构出来的商店,出现在约翰·米利厄斯[1]导演的冲浪电影《伟大的星期三》中,实际上(我想)是不存在的。不过由于图案设计得很帅气,就直接被做成了商品,还流行了一段时间。我也是在它流行时买

---

[1] 约翰·米利厄斯(John Milius,1944—),美国电影导演、制片人。代表作品有《野蛮人柯南》《现代启示录》等。

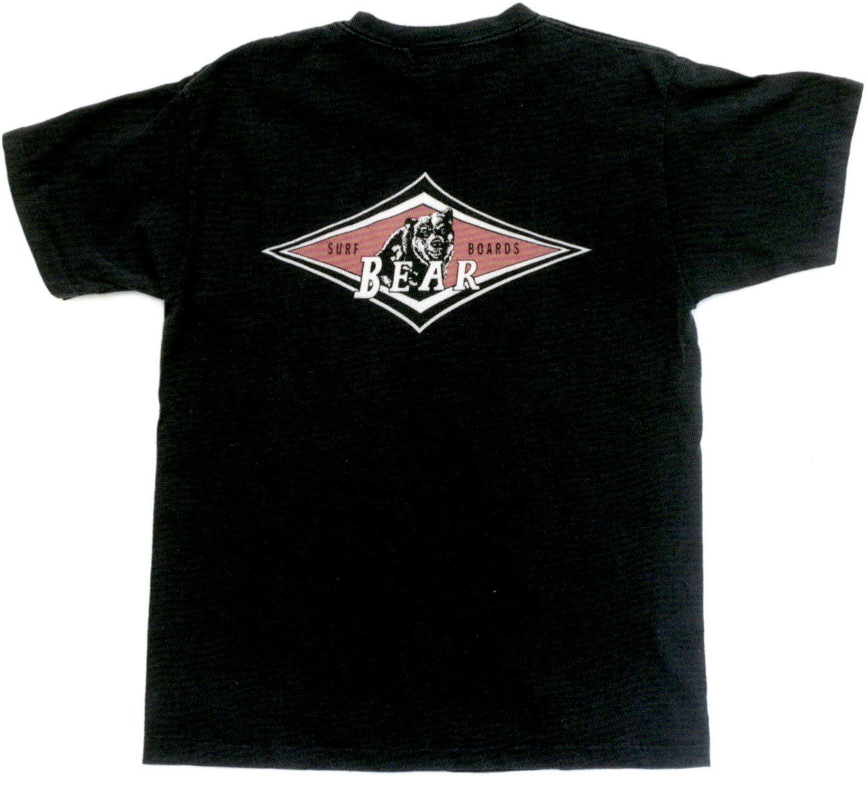
SURF
BOARDS
BEAR

T

的。《伟大的星期三》，一部有趣的电影。

最后的 T 恤是名为"赫尔利"的冲浪品牌出的，不过衣服上这只迷彩色的神秘小动物到底是什么呢？像猫，又像兔子，我搞不明白，只好委屈它出现在熊主题里。如果有读者知道这家伙的真实身份，请一定要告诉我。

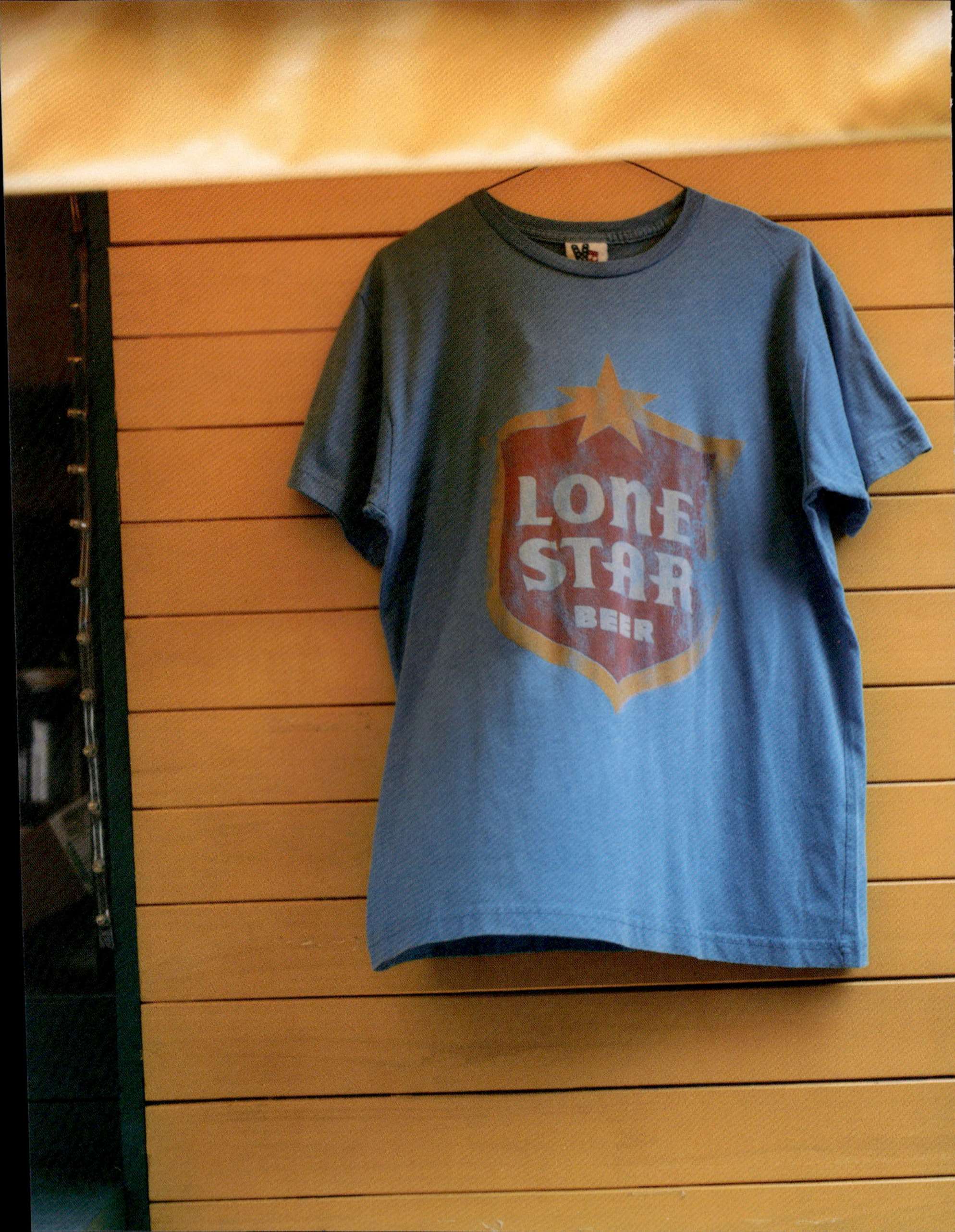
LONE
STAR
BEER

啤酒主题

我收集的T恤还有很多很多,但一直这样写下去也不是个事,于是我决定就写到这儿好了。最后一期,果然还是要写啤酒主题。说到T恤,就会想起夏天;而说起夏天,就会想到啤酒……对吧。不,也不必非得是夏天,在暖炉的明火前,坐进摇椅里,一面抚摸膝头的小猫脑袋,一面一小口一小口地喝下冰凉的啤酒,也是人生的一大幸事呢。

什么?你说既没有暖炉,也没有摇椅,还没有猫?那真是太可怜了。不过想想看,这三样东西我家也全都没有。连猫都没有。我只是在想象中觉得这样的场景一定很棒。想象力还是很重要的。

最大的那张照片（T⑦）里的"孤星啤酒"（Lone Star），是得克萨斯州的啤酒。日本很难见到这种酒。得克萨斯州又名孤星之州。要问我喝过这种酒吗？答案是没有。不知这种酒味道如何。

下一件T恤是"喜力"（Heineken）。这个牌子很有名吧。喜力是众所周知的荷兰啤酒，我在美国经常喝。在喧闹的酒吧之类的地方，有时候必须大声怒吼着跟服务员点单。这样的时候，"喜力"的发音辨识度最好。按我的经验，如果对服务员大喊"米勒"或"山姆·亚当斯"，对方多半听不明白。弄不好还会端来一杯朗姆可乐……

接下来是有名的"吉尼斯黑啤"（Guinness）T恤，这是爱尔兰的啤酒品牌。不知各位有没有在爱尔兰当地喝过吉尼斯黑

COTTON 100%
THE ORIGINAL QUALITY
HEINEKEN LAGER BEER
Heineken®
EST.
1873
PREMIUM QUALITY
BREWED WITH NATURAL INGREDIENTS

T

⑦①

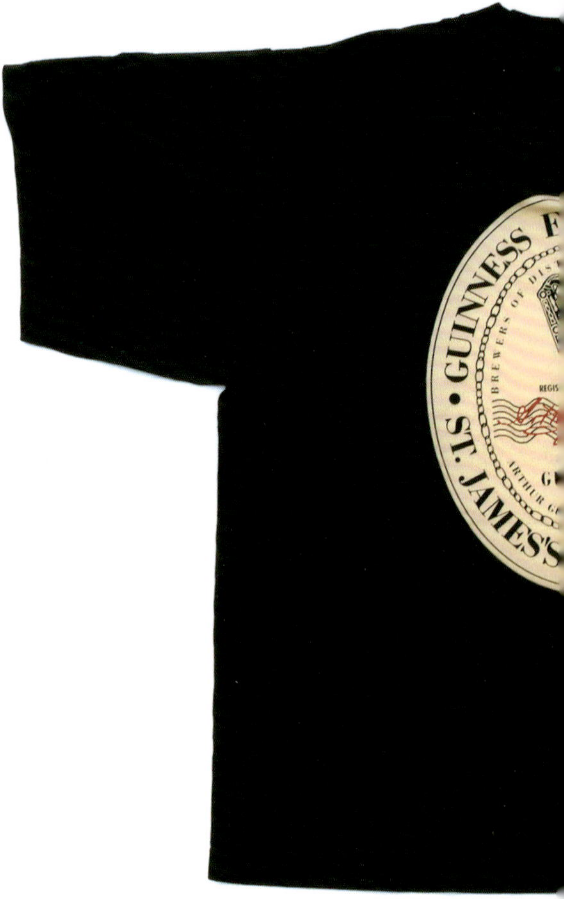
GUINNESS
ST. JAMES'S

T

T

啤，那真是好喝极了。我逛遍了爱尔兰，每到一个城市，就到酒吧喝一杯吉尼斯。发现每个城市、每家店的啤酒温度和起泡程度都有着微妙的区别。我觉得很有意思，于是在许多城市的酒吧都点了吉尼斯来喝……这样写着写着，我都不由自主地想念起它的味道来。正好附近有一家爱尔兰酒吧，店里的蔬菜烩肉特别——不，我得先把这篇稿子写完再说。

最后一件是"蓝鹭淡色艾尔"（Blue Heron Pale Ale），是俄勒冈州波特兰的啤酒。波特兰是啤酒的黄金产地，在许多酒吧都能喝到美味的当地啤酒。波特兰的威拉米特河谷出产上等的啤酒花，因此啤酒产业十分兴盛。我在波特兰的时候常喝啤酒。大蓝鹭是波特兰的市鸟，不是"市长"，而是"市鸟"。[1]就算波特兰再怎么热爱大自然，也没法让鸟来当市长。

若要问我："那你喝没喝这蓝鹭淡色艾尔？"不记得了。因为我在波特兰喝到烂醉。

---

[1] 在日语中，"市长"和"市鸟"的发音相似。

采访者：野村训市

那些不经意间收集的T恤故事，
和根本连载不完的T恤们

——最开始穿 T 恤的契机是什么呢?

"我开始穿 T 恤已经是很久以前的事了,不过在我十几岁的时候,身边还根本没有穿 T 恤的文化。只有类似于汗衫、内衣之类的东西,上面没有印字母或图案。T 恤的出现大概是进入二十世纪七十年代以后的事吧,我记得 UCLA[1] 的 T 恤和常春藤校园风的衣服流行过一段时间。后来是扬基队等的运动 T 恤。这些服饰好像很久以前就有了。那时候不是还有 VAN JAC[2] 吗?带有他家商标的 T 恤很受欢迎。当时满大街都是常春藤风的着装,我当然也穿过他家的衣服。随着七十年代的推进,T 恤的种类似乎多了起来。从那时候开始有了乐队 T 恤,暴龙乐团[3] 等的摇滚 T 恤出现了,甚至有了赠品 T 恤,也就是所谓的推广产品。我

---

[1] UCLA,加利福尼亚大学洛杉矶分校。
[2] VAN JAC,创立于 1951 年的日本服装品牌。服装设计有明显的美国文化风格,20 世纪 60 年代到 70 年代风靡日本。
[3] 暴龙乐团(T.Rex),1967 年成立的英国摇滚乐团,华丽摇滚界的先锋。2020 年入选摇滚名人堂。

T

㊴ 上｜西雅图的老牌餐厅泰勒贝类养殖场（Taylor Shellfish Farms，1890 年开业，以鲜美的生蚝闻名）。
㊵ 下｜名古屋有名的味噌猪排店——矢场炸猪排的店铺 T 恤。

上 | 不愧是"Tide"（汰渍），这种褪色的感觉非常好。
下 | 汽车车牌上写着"VOTE"（投票），莫非是一件选举 T 恤？

开始写小说的时候——大概是一九七八年或一九七九年，T恤已经成了人们的日常穿着。*Made in U.S.A Catalog*[1]、*POPEYE*等杂志创刊的时候，所谓的T恤文化就推广开了。那大概是七十年代中期吧。"

——村上老师以前也读*POPEYE*的吗？

"读过的。那时我开店，要买一些杂志放在店里。那期美国风物的特辑客人们都很喜欢，印象中杂志很快就被翻得旧旧的了。大概就是从那时起，我开始在听摇滚演唱会的时候买T恤。"

——那您买了哪些摇滚T恤呢？

"买的第一件摇滚T恤是什么，我已经不记得了。倒是记得自己买过杰夫·贝克的T恤（笑）。但那件衣服已经不

---

[1] 日本读卖新闻社于1975年创办的一款时尚杂志，主要介绍美式生活方式及时尚品牌。

见了。T恤是消耗品，穿着穿着就不知道去哪儿了。我当时要是把它留下来就好了。爵士乐的T恤很少见，我没有收藏。"

——我打算一边看您拍摄的T恤照片，一边向您提问。这里面最早的一件T恤是哪件呢？

"一九八三年，我第一次参加火奴鲁鲁马拉松的T恤，应该是留下来的T恤中最早的一件吧。就是都筑响一[1]的《不舍得扔的T恤》里出现的那件。"

——原来如此。乍看上去，这些T恤的种类五花八门，不过再仔细看看，似乎又好像是按照某种标准挑选出来的呢。

"我啊，不太喜欢到商店去买那种时髦的T恤。相比之下，我更喜欢那些推广用的T恤，或者是在中古店买一件差不

---

[1] 都筑响一（1956— ），日本摄影师、编辑、记者。曾任 POPEYE 杂志编辑。其写真集《ROADSIDE JAPAN 珍日本纪行》曾获木村伊兵卫摄影奖。

多的,所以几乎没有收集那些像模像样的牌子货。我爱去慈善商店,在那里看各种各样的东西,打发半天时间。哎呀,主要是因为我比较闲(笑)。"

——您收集T恤,也像买唱片一样,有所谓的标准吗?

"选择的标准首先当然是设计,其次是T恤的主题。如果主题和唱片创作者或者唱片本身有关,买的可能性就比较大了。我喜欢这一类的(笑)。这里也有几件。啤酒、汽车、广告主题的T恤我也喜欢,有ESPN[1]、银子弹等,各种各样图案的。这件奥林巴斯的我就挺喜欢。"

——企业品牌的T恤很不错呢,设计感也强。村上老师在美国的大学教过文学课,我猜因为常春藤联盟的关系,会有不少学院的T恤吧?

---

[1] ESPN,创立于1979年的美国娱乐与体育电视台。节目覆盖面大且销售遍布全球,在全球享有极高的知名度。

上｜锐步赞助的斯巴达勇士赛的推广 T 恤。
下｜随手买下的唱片主题 T 恤中的一件。

T
⑧⓪　　　"CONVERSE ALL STAR"（匡威全明星）。企业品牌主题的 T 恤收藏之一。

"大学的T恤是我去各个大学的时候买回来的,但都不太能穿呀。如果我是从那所学校毕业的还好说,但如果只是去过几次,就要穿写有哈佛、耶鲁之类字样的T恤,那实在是让人难为情,我是不会这么干的。但要问我在日本会不会穿写着早稻田字样的T恤,我也还是不会穿哪(笑)。如果学校的规模很小,或者是当地专注于博雅教育的学校T恤,也许我还会穿。但要是穿着它走在街上,被那所学校的毕业生遇到了,肯定会跟我打招呼的吧!所以每次穿都很紧张(笑)。"

——(笑)您收集的都是带图案的T恤,但我听说您也喜欢纯色T恤。

"我主要还是喜欢带图案的,但有一次在美国,请专门给作家拍照的摄影家伊琳娜·赛博特帮我拍人像,我穿了一件带图案的T恤,她说这样不行。说照相就要穿纯色的T恤。然后给我看杜鲁门·卡波特那张穿着纯灰色T恤的人

T

⑧1
⑧2

上｜菲茨杰拉德的人像照 T 恤。
下｜纽约的爵士乐俱乐部——鸟园爵士成立六十周年纪念 T 恤。

像照，问我：'帅不帅？'的确很帅啊（笑）。从那以后我就决定，拍人像的时候都穿纯色T恤。"

——的确是这个道理。那您对纯色T恤有没有特别的要求呢？
"领口松紧程度合适的纯色T恤就很不错。恒适[1]和鲜果布衣[2]的松紧程度就刚刚好，但不能长久维持好的状态。纯色T恤是消耗品，留下来也没有什么纪念价值。"

——就是啊。想必很多人家里都攒着一批旧的纯色T恤，舍不得扔掉又不会再穿。其实留着它们也没有用。现在您平时还是穿T恤的吧？
"夏天我就只穿T恤。基本上除了T恤，别的什么都不穿。偶尔也会穿夏威夷衫，但大部分时候是T恤搭短裤。其实我还收集了不少短裤（笑）。"

---

[1] 恒适（Hanes），创立于1901年的美国服装品牌。
[2] 鲜果布衣（Fruit of the Loom），创立于1851年的美国服装品牌。

——短裤！我可能又要提出不情之请了。

"我收集了各种类型的短裤，尺寸比工装裤长的或者短的都有。穿T恤的时候还要搭光脚穿的运动鞋。最近我觉得斯凯奇[1]很好穿，一直在穿这个牌子的鞋。不过外出的时候，我一定会在包里带一条能套在短裤外面的长裤，再带一件能披在T恤外面的衬衫。"

——为什么呢？

"因为有时会有着装要求。有一年夏天，出版社的老师请我在银座的吉兆吃饭，我到了餐厅门口，却被工作人员告知不能穿短裤入场。明明是人家请我来的，我要是进不去不就尴尬了吗（笑）。于是我说'好的'，从包里拿出长裤，在吉兆的大门口套上。大伙儿都看呆了。"

---

[1] 斯凯奇（SKECHERS），创立于1992年的运动品牌。目前已是全球最受欢迎的鞋类产品的品牌之一。

——这种做法不失礼貌,又有点狂野呢(笑)。

"这是跟作家田中小实昌[1]老师学的。他已经去世了,之前有一次我们一起参加电影试映会,我看见田中老师从包里拿出衬衫和长裤,在门口穿来着。我当时心想:'这个方法不错嘛(笑)。'"

——POPEYE 二〇一八年八月号

二〇二〇年三月,东京。

——今天这次是事后谈了,连载结束后,还想再听听您的感受,就又来叨扰。

"我要先说一件事:之前我说过,在夏威夷买东西,一美元或一点九九美元就有很多选择。后来那边突然涨价了,现在变成三点九九美元了。不知道是不是跟这个连载有关系。"

---

[1] 田中小实昌(1925—2000),日本小说家、翻译家、随笔家。其作品曾获直木奖、谷崎润一郎奖。

——这实在是不好意思（笑）。

"一点九九美元的话，我觉得大部分东西都是不买白不买；如果涨到三点九九美元，有些东西可能就有点贵了呢。希望不是因为好多人从日本跑过去买才涨价的。"

——日本人比较狂热嘛。现在老乐队的T恤和电影T恤很受欢迎，去夏威夷淘这些东西的人好像不少。

"最近不是有一部电影叫《好莱坞往事》吗？布拉德·皮特[1]在影片中穿的是冠军牌的T恤，我感到很亲切，因为自己以前也有一件。我还想再买一件一样的，但它已经成了孤品，价格想必很高。昆汀的片子在这些方面一贯很讲究。"

——应该会很贵。正好我们聊到了电影，有个问题我一直很想

---

[1] 布拉德·皮特（Brad Pitt, 1963— ），美国电影演员、制片人。曾获第92届奥斯卡最佳男配角奖。主要作品有《夜访吸血鬼》《燃情岁月》《史密斯夫妇》等。

上｜作家保罗·索鲁赠送的特朗普 T 恤，出自墨西哥。衣服上的西班牙语意为"特朗普是笨蛋"。
下｜我觉得 T 恤上的人是陀思妥耶夫斯基，也可能并不是。

T

㊄ 上｜常去的一家火奴鲁鲁的餐厅——"12th Ave GRILL"（12大街烤肉）的T恤。
㊅ 下｜夏威夷的老牌冲浪商店——局部运动（Local Motion，创立于1977年）的T恤。

问您：在穿 T 恤这件事上，您有没有欣赏的人，或者是会参考其穿搭的人？

"欣赏的人啊……马龙·白兰度[1]，他很帅对吧，那个 T 恤穿旧了的感觉，很不一般。詹姆斯·迪恩[2]也不错。好像是在《无因的反叛》中吧，他单穿一件白色 T 恤的扮相特别帅。还有《美国风情画》里那个十二岁左右小女孩的演员。她穿一件松松垮垮的印花 T 恤，领口的新旧状态无懈可击。如果是郡是[3]什么的，就不可能穿出那种效果了吧。"

——日本品牌的服装都太板正了。

---

[1] 马龙·白兰度（Marlon Brando, 1924—2004），美国电影演员、社会活动家，曾获第 27 届和第 45 届奥斯卡最佳男主角奖。

[2] 詹姆斯·迪恩（James Dean，1931—1955），美国电影演员，因车祸早逝。1999 年被美国电影学会选为百年来最伟大的男演员第 18 名。

[3] 郡是（GUNZE），创立于 1986 年的日本针织服装品牌。以卓越的质量和舒适的穿着感为特色。

"总之以前只有在美国电影里,才能看到 T 恤的正确穿法,或者说是教科书般的穿法。比如与第二次世界大战有关的电影里,美国大兵热了就只穿一件 T 恤,看上去就很帅嘛。所以,我们说一件 T 恤好看,其实是有人把它穿得好看。"

——有没有和您喜欢的爵士乐相关的 T 恤呢?

"几乎没有呢。爵士乐的全盛时期,大部分黑人上台演奏时都打扮得派头十足。现代爵士四重奏[1]、迈尔士·戴维斯三世[2]等都穿着高档的西装,系着时髦的领带,精神抖擞地演出。现在马沙利斯[3]依然延续着这一传统。到了二十世纪七十年代,又出现了所谓的'爆炸头'发型,总之 T 恤和爵士乐意外地不相配。切特·贝克[4]倒是发行过

---

[1] 现代爵士四重奏(Modern Jazz Quartet),美国爵士乐团,成立于 1952 年。
[2] 迈尔士·戴维斯三世(Miles Dewey Davis Ⅲ,1926—1991),美国爵士乐演奏家,20 世纪最有影响力的音乐人之一。
[3] 马沙利斯(Wynton Marsalis,1961—),美国爵士乐演奏家,曾连续 5 年获得格莱美奖。
[4] 切特·贝克(Chet Baker,1929—1988),美国爵士乐小号手、短号手、歌手。

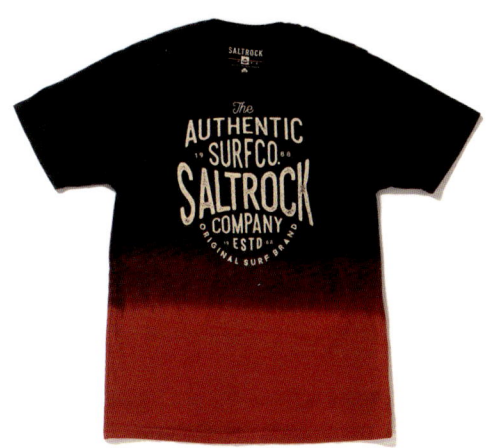

上｜吉尼斯赞助的爱尔兰曲棍球锦标赛的 T 恤。
下｜英国的冲浪商店岩盐（Saltrock，创立于 1988 年，主要经营海滩服装）的 T 恤。

蜷川幸雄执导的舞台剧《海边的卡夫卡》在巴黎公演时的 T 恤。

一张唱片，封套上的他只穿了一件T恤，除此以外，我应该没见过这二者的融合了。T恤文化和爵士乐似乎结合得并不好。以前黑人是受歧视的，为了不被歧视，他们一直在向外界传递'我是个成功而富有的黑人'的信号，个个都穿气派的西装。"

——距离我们最开始聊T恤，已经过去两年多的时间了，您的收藏是不是也多了很多呢？

"没有，像一开始说的那样，自从常去淘T恤的那家夏威夷的慈善商店涨价后，我就不怎么买了。如果是这个价就下手，如果是那个价就有点不值——我总是会考虑价格再买。"

——您之前还说过，唱片如果超过五十美元就不会买了。这些都可以算是一种收集物品方面的哲学吧？

"嗯，算是吧。收集也是一种游戏，是游戏就要有相应的规则。如果干什么都是掏钱就行,那就没意思了。收集T恤也是一样。看过的两百件里,能有一件看得上的,已经很不错了。集中精神一件件地看下来,肯定是要花时间的。不过,既然这是游戏,那就是要拼命地去看嘛(笑)。"

——不愧是资深淘家(笑)。

"逛慈善商店还是很开心的。不过最近的行情变化很大,救世军[1]什么的也一样,好像连旧货店都渐渐难以为继了。"

——您不是在常去的古着店买T恤,而是去慈善商店之类的地方买。这是我觉得最有意思的地方。

"在慈善商店才能找到好玩的东西啊,日本很难找到有意思的东西,价格还贵。不过最近在京都的Book Off[2]见到

---

[1] 救世军,以基督教为信仰的国际宗教及慈善公益组织,以街头布道和慈善活动、社会服务著称。
[2] Book Off,创立于1990年,日本最大的二手书连锁店。

上｜在夏威夷买宝马迷你的时候送的 T 恤。在夏威夷开宝马迷你再合适不过。
下｜大众面包车的 T 恤。我喜欢的一款车。

上｜在夏威夷淘到的尤克里里 T 恤。
下｜波兰克拉科夫的弹珠游戏博物馆 T 恤。

上 | 这件 T 恤的印花是动物组成的速度表。速度最快的是猎豹。
下 | 考艾岛的咖啡 T 恤。在夏威夷淘到的 T 恤居多，也是我收藏的一大特征。

上｜汉堡的必备伴侣。

下｜瓦格纳的歌剧台词主题 T 恤，参加拜罗伊特音乐节时购入。

上 | 冲浪和轮滑相关的 T 恤大多是在慈善商店淘到的。
下 | 这件也是瓦格纳的歌剧台词 T 恤，只在拜罗伊特音乐节上有得卖。

了雷蒙斯[1]的T恤，我觉得很好，就买了下来。"

——村上老师也听雷蒙斯的吗？

"听啊。不过无论听哪首节奏都一样，听听就腻了。我到底还是没法穿着那件T恤上街，年过七十，还是要有底线的（笑）。"

——这本书还想收录一些连载时没来得及讲完的内容。首先，我没想到村上老师竟然有这么多和您的著作相关的推广T恤。

"没法穿呀（笑）。推广T恤真是有一大堆，都放在仓库里。《海边的卡夫卡》的T恤是前阵子蜷川幸雄老师导的舞台剧《海边的卡夫卡》在法国上演的时候做的，当时做了很多。这件也很帅气。"

---

[1] 雷蒙斯（Ramones），创立于1974年的美国摇滚乐队，被视为纽约朋克曲风的始祖，2002年入选摇滚名人堂。

——真想去您的仓库搜罗一番。您所谓"没法穿"的T恤有没有比较固定的标准呢？您在随笔里也写过几次：这件能穿，这件不能。是怎么判断的呢？

"标准是有的。能穿的T恤和不能穿的T恤，我分得一清二楚。说白了，我就是不想惹人注意嘛，想尽可能低调地生活。平时不是要坐地铁、坐公交、走路出门、去书店、去Disk Union[1]吗？对我来说，如果太招眼，就会引来麻烦。所以能穿的衣服就比较有限。有不少T恤很棒，但我的话就是没办法穿。首先，有象征含义的T恤我就没法穿。穿上这类T恤，人们就会去解读嘛（笑）。一旦被人解读，就难办了。"

——说到您"没法穿"的T恤，其中也有威士忌主题的。之前听您说过，您在家也会喝威士忌。最喜欢的牌子是哪个呢？

---

[1] Disk Union，创立于1941年的日本大型连锁唱片店。

T
100
101

上｜底特律摩城历史博物馆的 T 恤。
下｜在新西兰的图书节获赠。衣服上这句话我很喜欢。

上｜米其林公司的必比登，尽人皆知的形象。
下｜这件衣服穿在身上很招眼，但我是不会穿的。

上 | 纽约 A-ONE 唱片也很受 DJ 们欢迎，这是它们的 T 恤。
下 | 我在京都淘到的雷蒙斯乐队的 T 恤。

"威士忌很好喝啊。其实我不挑牌子，不过毕竟去过艾拉岛，还是最喜欢拉弗格吧。怎么喝也不腻。我已经养成习惯了，如果非让我指定一款酒，我一般就会说拉弗格。对了，这附近开了一家不错的威士忌酒吧，最近我很爱去那儿喝嗨棒。那家酒吧周末是下午三点半开店，从三点半到五点半打七折哦。"

——您喝威士忌的时候也听爵士乐的吧？如果二十几岁的年轻人想边喝嗨棒边听爵士乐，您觉得听什么入门比较好呢？

"我在家喝的话就听爵士乐。在外面就由不得我了。我喜欢听比莉·荷莉戴[1]，不知道年轻人能不能接受。我喝威士忌，一般是觉得'今天累惨了'的时候，我就坐到吧台那儿，点一啤酒杯占边威士忌嗨棒。落魄点儿也挺好。"

---

[1] 比莉·荷莉戴（Billie Holiday, 1915—1959），美国爵士乐歌手、作曲家。获格莱美终身成就奖。于去世40年后入选摇滚名人堂。

——我好像明白您为什么不穿显眼的 T 恤了。大概没人能想到您会坐在吧台前,喝装在啤酒杯里的占边威士忌吧(笑)!

"说到穿不穿这件事,摇滚演唱会的 T 恤我也是不会穿的。如果是巴瑞·曼尼洛[1]等人的演唱会 T 恤,现在穿说不定还挺帅气的。卡朋特乐队[2]什么的可能也不错。早些时候穿会显得有点儿土气,现在穿也许会不错。"

——是这样的。摇滚 T 恤要压一段时间再穿。

"没错。放一段时间再穿就好了。鲍勃·马利[3]的日本巡演 T 恤,我之前也该买下来的。在厚生年金会馆办的那场。"

——就是那场身体不由自主就动起来的演唱会吧,您之前说过!

---

[1] 巴瑞·曼尼洛(Barry Manilow,1943—),美国创作歌手、音乐家、编曲家。对软式摇滚乐的发展影响颇深。

[2] 卡朋特乐队(Carpenters),20 世纪 70 年代至 80 年代风靡世界的美国演唱组合。

[3] 鲍勃·马利(Bob Marley,1945—1981),牙买加歌手、音乐家,被誉为雷鬼乐之父。

2002年参加纽约客节时的活动T恤。

"我还想收藏传声头像[1]的 T 恤。还有汤姆汤姆俱乐部[2]的。"

——您还听新浪潮音乐吗？村上老师喜欢的音乐类型真是五花八门啊。

"我听音乐是很贪心的。说起来，音乐这东西，隔一段时间不听就听不懂了。如果三四年不听新东西，再听当下流行的音乐就很难接上，变得听什么都好像没有区别了。为了避免这种情况发生，我养成了习惯——在听音乐上刻意不给自己留下空白。"

——音乐和时尚都是这样呢。不过，新唱片的资讯您是从哪里得知的呢？

---

[1] 传声头像（Talking Heads），创立于 1975 年的美国新浪潮乐团，以复杂而多层次的音乐见长，因鲜明且创新的现场演出风格受到各地乐迷的热烈支持。

[2] 汤姆汤姆俱乐部（Tom Tom Club），创立于 1981 年的美国新浪潮组合。

上｜我在美国的出版方——克诺夫出版社成立 100 周年的纪念 T 恤。苏俄牧羊犬为公司的标志。
下｜小泽征尔 2019 年参演《卡门》时的公演 T 恤。

"我会去淘儿唱片[1],花上半天时间,按下播放键试听(笑)。他们的试听服务非常好,这样听下来就会找出三四张想要的碟。尽管最近挑得出来的唱片越来越少了,但仔细听那三四张碟,一般都能慢慢地听出一些东西:哦,现在这类音乐好像有了新变化?"

——的确是这样呢。这里的将近两百件T恤里,您最喜欢的,或者说特别有感情的是哪一件呢?

"这件吧。我买下这件印着'TONY'TAKITANI的T恤(前言中出现过的T恤)之后,才写了短篇小说《托尼瀑谷》。"

——原来这件不是推广品啊!是先有衣服,再有小说的吗?

"我买下这件T恤,然后想着:'托尼瀑谷'是个什么样的人呢?随意地想了许多,最后就写出了小说。所以这件T

---

[1] 淘儿唱片(Tower Records),美国跨国连锁唱片行,日本国内规模最大的连锁唱片店。

恤是有纪念意义的。上面不是印着'HOUSE Ⓓ'吗？我当时不明白是什么意思，后来问了别人才知道，这是一件为选举准备的T恤。'HOUSE'是下议院，'Ⓓ'是选举。托尼瀑谷这个人，是夏威夷州下议院议员民主党的候选人。我的小说出版后被翻译成英文，那位托尼先生给我写了信，告诉我：'我是托尼瀑谷。'那一次他好像落选了，但后来成了一名成功的律师，还约我有机会一起打高尔夫。不过我是不打高尔夫的（笑）。"

——好有意思呀，竟会从一件T恤诞生一部小说。

"它是我在毛伊岛开车兜风的时候，在一家小的中古店买到的呢。价格大概一美元。对我来说，它曾经是个谜，我写出小说后，谜解开了，最后还拍出一部电影来。"

——T恤万岁。最后想问您一个问题：我想您今后应该也会一直穿T恤的……您觉得随着年龄的增长，我们与T恤的关系会发生变化吗？我以前觉得，工作之后就应该从 T 恤这儿毕业了，或者说，我觉得大人们是不会穿 T 恤的。但直到现在，我还是只穿 T 恤呢。

"这和年龄没什么关系吧？无论从前还是现在，我都不厌其烦地穿着一样的衣服过日子。偶尔穿一件带领的衬衫，事务所的助手可能都要问我：'发生什么事了吗？'（笑）不过，今天倒是莫名其妙地穿了一件正式的衬衫。衬衫里面的 T 恤是不久前吉本芭娜娜[1]老师送给我的（说着掀起衬衫，给我看了 T 恤）。这件，很不错呢。是夏威夷拉尼凯海滩的 T 恤。"

——这件 T 恤也显得很有感觉呢。我还没来得及拍下来（笑）。

"在夏威夷大学的时候，学校里有我的办公室。每周不是有一次'办公室时间'吗？谁都可以来找我。没想到有

---

[1] 吉本芭娜娜（1964— ），日本小说家。曾获泉镜花奖、山本周五郎奖。主要作品有《厨房》《鸫》等。

一天，芭娜娜老师突然来了，送给我这件 T 恤，说是特产。穿起来很舒服，我就经常穿着。"

——真好啊，T 恤这东西，就是可以一直穿。

"有这么多 T 恤，到了夏天，就不会没得穿了。每天换一件，可以一整个夏天都不重样。当作家不错吧，没有着装要求。"

本书收录 POPEYE 二〇一八年八月至二〇二〇年一月的随笔连载，成书时有做适当修改，同时新添了一篇采访。

文治

磨铁图书旗下子品牌

更 好 的 阅 读

出 品 人 _ 沈浩波
特约监制 _ 魏 玲　潘 良　于 北
产品经理 _ 单元皓　徐子叶　何青泓
特约编辑 _ 叶 青　董纾含
版权支持 _ 冷 婷　郎彤童
营销支持 _ 金 颖　黄筱萌
技术编辑 _ 薛伟民　林佳莹
照片提供 _ 戎康友　中岛庆子
图像数据 _ Magazine House Co., Ltd.
装帧设计 _ 山川制本 workshop

关注我们

官方微博：@文治图书
官方豆瓣：文治图书
联系我们：wenzhibooks@xiron.net.cn

图书在版编目（CIP）数据

村上T：我喜爱的T恤们/（日）村上春树著；烨伊译.-- 广州：花城出版社，2022.11
ISBN 978-7-5360-9770-4

Ⅰ.①村… Ⅱ.①村…②烨… Ⅲ.①随笔－作品集－日本－现代 Ⅳ.①I313.65

中国版本图书馆CIP数据核字（2022）第157277号

合同版权登记号：图字19-2022-087号
MURAKAMI T BOKU NO AISHITA T-SHATSU TACHI
by Haruki Murakami
Copyright © Harukimurakami Archival Labyrinth.
All right reserved.
Originally published in Japan by Magazine House, Ltd.
Chinese (in simplified character only) translation rights arranged with Haruki Murakami, Japan
through THE SAKAI AGENCY and BARDON CHINESE CREATIVE AGENCY LIMITED.

出 版 人	张 懿
责任编辑	陈诗泳　欧阳佳子
特约监制	魏　玲　潘　良　于　北
产品经理	单元皓　徐子叶　何青泓
技术编辑	薛伟民　林佳莹
照片提供	戎康友　中岛庆子
图像数据	Magazine House Co., Ltd.
装帧设计	山川制本 workshop

书　　名	村上T：我喜爱的T恤们
	CUNSHANG T：WO XIAI DE T XU MEN
出版发行	花城出版社
	（广州市环市东路水荫路11号）
经　　销	全国新华书店
印　　刷	天津海顺印业包装有限公司
	（天津市东丽区东丽开发区五纬路62号）
开　　本	840毫米×1194毫米　32开
印　　张	6.25
字　　数	76,000字
版　　次	2022年11月第1版　2022年11月第1次印
定　　价	68.00元

本书中文专有出版权归花城出版社独家所有，非经本社同意不得连载、摘编或复制。
如发现印装质量问题，请直接与印刷厂联系调换。
购书热线：020-37604658　37602954
欢迎登录花城出版社网站：http://www.fcph.com.cn